이백시선

이원섭 역해

현암사

이백시선

초판 1쇄 발행 | 2003년 3월 10일
초판 11쇄 발행 | 2022년 10월 5일

역해 | 이원섭
펴낸이 | 조미현

펴낸곳 | (주)현암사
등록 | 1951년 12월 24일 · 제10-126호
주소 | 04029 서울시 마포구 동교로12안길 35
전화 | 365-5051 · 팩스 | 313-2729
전자우편 | editor@hyeonamsa.com
홈페이지 | www.hyeonamsa.com

ISBN 978-89-323-1171-5 03820

이백의 시를 다시 펴내며

세상이 재미없어져 가고 있다. 모두들 너무 두리번거린다.

시만 해도 그렇다. 문학의 모델을 외부에서 구해 정작 그곳에서는 고물 단지가 돼버린 것을 들여다가 흉내냄으로써 첨단을 걷는 듯 여기는 사람이 있다. 어떤 이데올로기의 맹신자가 되어 민족의 주체인 양 행세하는 부류도 없지 않다. 그런가 하면 전통에 주저앉아 있는 것만으로 이 땅의 적자인 듯 자처하는 사람도 있다.

그러나 시에 왕도가 있는 것은 아니다. 이것만이 유일한 시의 길이라는 따위의 규범을 누가 만들었다는 것인가. 제 영혼에서 우러나오는 노래가 시일진대, 시인이 섬겨야 할 것은 제 마인드의 속성일 뿐 남의 눈치를 볼 필요는 없다.

내가 이백을 좋아하는 것도 이런 이유에서다. 그는 도처에서 꿈을 발견하고는 그 꿈에 시의 날개를 달아 무지개처럼 찬란히 펼쳐 보이면서 일생을 살았고, 설사 현실적으로는 실의에 빠져 있을 때라 할지라도 그 꿈의 농도가 조금도 사그라지지 않은 점에 나는 끌린다.

그렇다고 나는 꼭 낭만주의의 길을 가야만 한다는 주장을 하고 싶은 것은 아니다. 기성의 가치관이나 현실적 제약 같은 것을 안중에 안 둔 채 자기의 길을, 좀 속된 말을 쓰자면 제멋대로 살아간 태도에서 우리는 배우는 바 있어야 함을 말하고 싶은 것뿐이다.

컴퓨터니 정보화니 하는 추세 속에서 인간이 규격화하고 왜소해져 가고 있는 어제 오늘이다. 이런 때일수록 천마(天馬)가 하늘을 달리는 듯한 이백의 시를 읽으면서 자신을 돌보는 것도 뜻 있는 일이 되지는 않겠는가.

2003년 3월　이원섭

차례

2. 산중문답(山中問答)

3. 달과 술의 인연

4. 정을 주고받으며

5. 이별의 안팎

6. 험한 인생의 행로

1
사랑의 언저리

옥계원(玉階怨)

섬돌 위에
찬이슬 내려

어느덧 버선도
촉촉이 젖었다.

― 밤이 깊었음인가.

들어와
발을 내리우면

시름인양 따라와서
비추는 달빛!

玉階怨
옥계원

玉階生白露 夜久侵羅襪 却下水精簾 玲瓏望秋月
옥 계 생 백 로   야 구 침 나 말   각 하 수 정 렴   영 롱 망 추 월

주

◆玉階(옥계) : 아름다운 섬돌.　◆羅襪(나말) : 비단버선.　◆却(각) : 도리
어.　◆水精簾(수정렴) : 수정을 장식한 발. 수정(水精)은 수정(水晶).　◆玲瓏
(영롱) : 투명하게 맑은 모양.

해설

밤이슬이 생긴 것을 섬돌에서 저절로 생긴 듯 생(生)이라 하고, 버선이
이슬에 젖는 것을 저도 깨닫지 못한 까닭에 침(侵)이라 했다. 전구(轉句)
에서 발을 내린다 한 것은 생각지 말자고 스스로 다짐하는 것. 그러나
오히려 발 너머로 달을 바라보고 앉아 있는 사람! 각(却)은 결구(結句)
에 붙여 생각함이 좋을 것이다. 한 자 한 자 가, 심상히 쓰이지 않았음
을 볼 것이다.

청평조사(淸平調詞) 1

구름 보면
열 두 폭 치만 양하고

꽃 보면 얼굴인 듯
더 못 견딜 이 그리움.

군옥산(群玉山)에나
가야 만날까.

달밤에 요대(瑤臺)를
찾아야 할까.

清平調詞 一
청평조사 일

雲想衣裳花想容 春風拂檻露華濃 若非群玉山頭見 會向瑤臺月下逢
운상의상화상용 춘풍불함노화농 약비군옥산두견 회향요대월하봉

주

◆淸評調(청평조) : 악부(樂府)에 청조(淸調) 평조(平調) 슬조(瑟調)의 세 가락이 있는데, 이백(李白)은 청조 평조의 두 가락을 합쳐서, 여기 맞추어 노래 세 수를 쓴 것이다. ◆想(상) : 생각하게 한다. ◆檻(함) : 난간. ◆露華(노화) : 이슬의 빛나는 모양. ◆群玉山(군옥산) : 선녀(仙女)인 서왕모(西王母)가 살고 있는 곤륜산(崑崙山). ◆會(회) : 반드시. 필연코. ◆瑤臺(요대) : 선녀(仙女)가 사는 곳.

해설

봄날이었다. 궁중(宮中) 흥경지(興慶池)에서는 활짝 핀 모란꽃이 향기로운 내음을 풍기고 있었다. 양귀비(楊貴妃)를 데리고, 침향정(沈香亭)에 오른 황제(皇帝)의 눈은 꽃과 귀비(貴妃) 사이를 끊임없이 오고갔다. 악사(樂士)들이 불리우고, 당대의 명창(名唱)인 이귀년(李龜年)이 노래하기 위하여 앞으로 나섰다. 그때다.

'명화(名花)를 바라보고 귀비(貴妃)를 대하여, 어찌 낡은 가사(歌詞)를 쓸까보냐.'

황제는 이백을 불러 들이라 했다. 어느 요정(料亭)에서 발견된 시인은 만취해 있었다. 부축을 받아 겨우 정자에 올랐으나 어전에서 혀꼬부라진 소리를 했다. 그러나, 붓을 들자 일필휘지(一筆揮之), 세 편의 시가 경각에 이루어졌다. 이윽고, 이귀년(李龜年)의 노래 소리. 귀 기울여 듣던 귀비(貴妃)는, 유리잔에 포도주를 따라 이백(李白)에게 권하고, 황제에게 두 번 절하여 두터운 사례를 올렸다.

이리하여, 시인의 득의(得意)는 하늘을 찌를 듯했건만, 정자에 오를 때 환관(宦官) 고력사(高力士)에게 신을 벗기라고 호령한 취태(醉態)로 하여, 그의 중상을 입어, 추방되는 운명이 후일에 찾아올 줄야 신(神) 아닌 몸이 어찌 생각이나 했으랴.

청평조사 2

이슬 머금은
한 송이 모란꽃을

무산(巫山)의 비구름에
견줄 것인가.

옛날의 누구와
같다고 할까.

한나라[漢] 비연(飛燕)이면
혹시 모르리.

清平調詞 二
청평조사 이

一枝濃艶露凝香　雲雨巫山枉斷腸　借問漢宮誰得似　可憐飛燕倚新粧
일 지 농 염 노 응 향　운 우 무 산 왕 단 장　차 문 한 궁 수 득 사　가 련 비 연 의 신 장

주

◆濃艶(농염) : 짙은 염염한 빛깔. 홍염(紅艶)으로 된 책도 있음. ◆凝香(응향) : 향기가 엉기다. ◆雲雨巫山(운우무산) : 남녀가 즐기는 것. 초(楚)의 양왕(襄王)이 고당(高唐)이라는 곳에 갔다가 낮잠을 잤는데, 무산(巫山)에 산다는 여인을 만나 같이 즐기는 꿈을 꾸었다. 작별하면서, "저는 무산(巫山)에 있사오니, 아침이면 구름이 되고, 저녁이면 비가 되어, 언제나 양대(陽臺) 밑에 있습니다"라고 여인이 말하였다. 송옥(宋玉)의 「고당부서(高唐賦序)」에 보임. ◆枉(왕) : 공연히. ◆借問(차문) : 좀 묻습니다만. ◆漢宮(한궁) : 현재의 왕조에 언급함을 고의로 피하여, 한(漢)을 든 것이다. ◆可憐(가련) : 어여쁘다. ◆飛燕(비연) : 한(漢)의 성제(成帝)의 황후가 된 조비연(趙飛燕). 대단한 미인으로 몸이 가벼워 손바닥에 올라설 수 있었다 함. ◆倚(의) : 의지한다. 자부한다.

해설

전편(全篇)이 모두 비유! 이슬에 젖은 모란에 귀비(貴妃)를 견준 데서 시작하여, 초 양왕(楚襄王)의 고사(故事)를 끌어, 그런 여인쯤을 생각하여 애태우는 심정을 비웃고, 전결(轉結)에 이르러는 한(漢)의 비연(飛燕)을 빌려다가 더없이 아리따운 그 모습을 다시 한번 강조했다. 이리 비유로 시종(始終)하면서도 조금도 공소(空疎)한 느낌을 주지 않고, 도리어 무한한 함축과 여운을 풍기니, 그 큰 솜씨를 짐작할 만하다.

한 가지 짙고 염염한 모란꽃에 이슬이 내려 향내 엉긴 듯 풍만한 육체의 미인을 두어 두고, 양왕(襄王)이 꿈에 만났다는 신녀(神女)쯤을 생각하고 애끓는 것은 부질없는 일. 잠시 묻노니 한(漢)나라 궁정의 누가 비교적 이와 가깝다 하랴? 아마 어여쁜 비연(飛燕)이 새로 단장하고 나서면 혹시 모르리.

청평조사 3

어느 것이 사람이고
어느 것이 모란인지…….

임금의 얼굴에는
웃음이 넘친다.

또 무슨 한이
있을 수 있으랴.

침향정(沈香亭)엔 지금
봄이 무르익는다.

清平調詞 三
청평조사 삼

名花傾國兩相歡　常得君王帶笑看　解釋春風無限恨　沈香亭北倚闌干
명화경국양상환　상득군왕대소간　해석춘풍무한한　침향정북의난간

주

◆名花(명화) : 모란을 가리킴. ◆傾國(경국) : 절세의 미인. ◆君王(군왕) : 현종(玄宗)을 말함. ◆解釋(해석) : 풀어 버린다. ◆沈香亭(침향정) : 궁중에 있던 정자. 침향으로 지었으므로 이리 부름. ◆蘭干(난간) : 난간. '欄干'이라고도 씀.

해설

양귀비(楊貴妃)는 원래 현종(玄宗)의 아들 수왕(壽王)의 사랑을 받는 여인이었다. 이것을 뺏아 들였으니, 아무리 황제라고 하나 잘한 일은 못 되고, 이 둘의 사랑이 파탄의 씨를 출발에서부터 안고 있었음을 짐작할 수 있다.

명화(名花)와 가인(佳人)을 번갈아 보시며 황제는 기뻐하시나니, 군왕의 웃음 띤 시선의 대상이 언제나 되고 있는 양귀비. 봄날의 오뇌(懊惱) 같은 것이야 깨끗이 잊고, 지금 침향정(沈香亭) 난간에 의지해 있는 사람이여!

전구(轉句)에서는 세 편의 끝수다웁게 과거에 맺혀 있던 것을 다 풀어 버렸고, 다시 모든 움직임을 끊어 정적(靜的)인 상황으로 결구(結句)를 삼으니, 끝없이 풍기는 여운이 귀비(貴妃)가 지금껏 그리하고 앉았는 듯 느끼게 한다.

미인(美人)

주렴(珠簾)을
반쯤 걷고

그린 듯이
앉아 있다.

아미(蛾眉)를 찡그린다.

옥 같은 볼을
적시는 이슬.

누구를 원망하는 것일까.

그림 같다.

怨情
원 정

美人捲珠簾 深坐嚬蛾眉 但見淚痕濕 不知心恨誰
미 인 권 주 렴   심 좌 빈 아 미   단 견 루 흔 습   부 지 심 한 수

주

◆珠簾(주렴) : 구슬을 단 발. ◆深坐(심좌) : 가만히 앉았음. ◆嚬(빈) : 찡그리다. ◆蛾眉(아미) : 고치에서 나온 나방이처럼 어여쁜 눈썹.

해설

이는 한 폭의 미인도(美人圖). 세상의 그 많은 미인도가 대체로 생기를 결여(缺如)하고 있음은, 미인을 공간에만 놓고 보고, 시간에서 보지 않은 까닭이리라. 석굴암(石窟庵)의 관음(觀音)은 미소하는 모습으로 표현되어야 하고, 이백(李白)의 미인은 애태우고 가슴 조이는 순간에서 파악되어야 한다. 그것은 전자(前者)가 사랑의 보살임에 대하여, 후자(後者)가 번뇌 많은 아름다운 육신인 때문이다. 무려 120행에 걸친 백낙천(白樂天)의 「장한가(長恨歌)」가, 미인을 그리되 그 정채(精彩)에 있어 멀리 이 4행에 못 미침은, 능히 펼치기는 하였으나, 죽이고 살리는 기틀을 잡음에 실패한 까닭이다.

월녀사(越女詞) 1

장간(長干)에 사는
오(吳)의 계집들은

눈이며 눈썹이며
별인 듯 달인 듯.

나막신 신은
서리같이 흰 발에는

맵시 있는
버선도 안 걸치고

越女詞 一
월녀사 일

長干吳兒女 眉目艶星月 屐上足如霜 不著鴉頭襪
장간 오아녀 미목염성월 극상족여상 불착아두말

주

◆越女詞(월녀사) : 월(越)은 지금의 절강성(浙江省). 그 일대의 남녀의 풍정(風情)을 노래한 것. ◆長干(장간) : 남경(南京) 부근에 있던 지명. 색향(色鄕)이었던 모양. ◆屐(극) : 나막신 ◆鴉頭襪(아두말) : 끝이 뾰족한 버선.

해설

남국(南國)인 월(越)은 미인의 산지(産地). 수운(水運)의 편(便)이 있어 생겨난 소도시 장간(長干)은, 색향(色鄕)으로 시인의 흥미를 끌었던 모양. 맨발로 날뛰는 미녀의 자연스러운 생명력이 이백에게는 즐거웠으리라.

월녀사 2

살결 흰
오(吳)의 계집들은

배를 흔드는
장난을 좋아한다.

눈웃음을 쳐
정을 보내고

꽃을 꺾어 들고
행인을 조롱한다.

越女詞 二
월녀사 이

吳兒多白晳 好爲蕩舟劇 賣眼擲春心 折花調行客
오아다백석 호위탕주극 매안척춘심 절화조행객

24

주

◆吳兒(오아) : 오(吳)에서 태어난 사람. 여기서는 젊은 여자. ◆白晳(백석) : 피부가 희다는 것. ◆蕩舟劇(탕주극) : 배를 흔드는 장난. ◆賣眼(매안) : 추파를 던짐. 윙크함. ◆春心(춘심) : 이성을 그리워하는 마음. ◆調(조) : 조롱하는 것.

해설

남국(南國) 처녀들은 말괄량이. 지나가는 나그네의 마음을 간지르고 휘저어 놓는다.

월녀사 3

연밥을 따고 있던
약야계(若耶溪)의 계집은

낯선 사람을 보자
뱃노래 하며 자리를 뜬다.

그리하여
연꽃 속에 숨어서는

부끄러운 체
나오지 않는다.

越女詞 三
월녀사 삼

耶溪採蓮女　見客棹歌回　笑入荷花去　伴羞不出來
야 계 채 련 녀　견 객 도 가 회　소 입 하 화 거　양 수 불 출 래

주

◆ 耶溪(야계) : 약야계(若耶溪). ◆ 棹歌(도가) : 뱃노래. ◆ 佯羞(양수) : 거짓 부끄러운 체함.

해설

낯선 사람을 보고, 연밥 따던 계집들이 돌아감으로써 일은 싱겁게 끝나는 듯했으나, 그녀들이 머금은 '웃음'이 그래도 행여나 하는 일루의 희망을 던졌었다. 그것이 결구(結句)에 와서 부끄러운 체하는 행동으로 말미암아, 앞의 소행들이 갖는 의미가 백일하에 드러나니, 일은 재미있는 국면으로 일전(一轉)하였다. 이런 심리의 굴절을 '양(佯)'의 한 자가 살려 놓으니, 그 묘를 어떻다 하랴.

월녀사 4

동양(東陽) 태생의
맨발의 계집과

회계(會稽)에서 온
뱃사공 선머슴은

달이 안 넘어가
서로 바라보곤

까닭도 없이
한숨을 쉬고 있다.

越女詞 四
월 녀 사 사

東陽素足女 會稽素舸郞 相看月未墜 白地斷肝腸
동 양 소 족 녀 회 계 소 가 랑 상 간 월 미 추 백 지 단 간 장

주

◆東陽(동양) : 절강성(浙江省) 동양현(東陽縣). ◆素足(소족) : 맨발. ◆會
稽(회계) : 지금의 절강성(浙江省) 소흥(紹興). ◆素舸(소가) : 칠이 없는 흰
배. ◆郎(랑) : 젊은 남자. ◆白地(백지) : 속어인 '평백지(平白地)'의 준말.
까닭 없이.

해설

맨발의 계집과 뱃사공. 도덕이라는 말조차 들어 본 적이 없는 젊은 생
명력과 생명력! 그들에게는 달이 아직 안 넘어간 것만이 한(恨)일 뿐이
니, 서로 바라보면서 저도 모르게 쉬는 한숨 소리가 들리는 듯하다.

자야오가(子夜吳歌) 1

— 뽕따는 여인

푸른 냇물 가에서, 뽕을 따는
여인이여. 당신은 너무나 고웁구나.

푸른 가지 휘어잡은 솜같이 흰 손이며
꽃인 듯 드러나는 붉은 그 볼!

(그러나 차가운 말 한 마디 남겨 놓고 여인은 바람처럼 사라졌
습니다.)

빨리 가서 누에에게 뽕을 주어야 해요.
원님도 얼른 돌아가세요.

子夜吳歌 一
자 야 오 가 일

秦地羅敷女 採桑綠水邊 素手靑條上
진 지 나 부 녀 채 상 녹 수 변 소 수 청 조 상

紅粧白日鮮 蠶飢妾欲去 五馬莫流連
홍 장 백 일 선 잠 기 첩 욕 거 오 마 막 류 련

주

◆羅敷(나부) : 해설 참조.　◆素手(소수) : 흰 손.　◆靑條(청조) : 푸른 가지.　◆五馬(오마) : 태수(太守). 지방의 장관. 다섯 말이 끄는 수레를 타는 까닭에 그리 부름.　◆流連(유련) : 놀음에 빠져 돌아감을 잊는 것.

해설

「자야가(子夜歌)」라는 이름으로 전하는 8수의 악부가 있는데, 모두 남녀의 애정을 다룬 것으로, 자야(子夜)라는 여자가 지은 것이라고도 하고, 밤중[子夜]에 정인(情人)을 그리워한 것이라는 설도 있다. 후인이 이 제목을 따라서 시를 쓴 것이 많다. 이백의 이것도 그러하여, 사시(四時)로 나누어 연연한 정을 나타낸 것이다. 「자야가」는 진(晉)의 악부인 바, 진(晉)은 오(吳)에 도읍했으므로 「자야오가(子夜吳歌)」라 한 것이다.

여기 나오는 나부(羅敷)는 진씨(秦氏)의 딸로, 왕인(王仁)이라는 사람의 아내가 되었다. 어느 날, 길가에서 뽕을 따는데, 그가 대단한 미인임을 본 태수(太守)가 수레를 멈추고 수작을 걸었으나 「맥상상(陌上桑)」의 시를 지어 이를 거절하였다.

본시는 앞의 4행은 뽕 따는 모습을 그리고, 뒤의 2행은 거절하는 나부(羅敷)의 말로 되어 있다. 이렇게 돌연히 도중에서 대화로 비약(飛躍)시키는 것은 한시(漢詩)에서는 드물지 않은 일이나, 우리 말로 옮겨 놓으면 무리가 생기는 까닭에, 앞의 4구를 태수의 말로 번역하였으니, 이해하기 바란다.

자야오가 2
— 연(蓮) 뜨는 여인

삼백리나 되는 경호(鏡湖)의 물은
연꽃으로 뒤덮이고 말았습니다.

연 뜨는 서시(西施)가 어찌 고운지
구경꾼은 언덕에 구름 같습니다.

달도 뜨기를 기다리지 않고
배저어 월왕(越王)에게 돌아가다니…….

子夜吳歌 二
자야오가 이

鏡湖三百里　菡萏發荷花　五月西施採
경호삼백리　함담발하화　오월서시채

人看溢若耶　回舟不待月　歸去越王家
인간일약야　회주불대월　귀거월왕가

주

◆鏡湖(경호) : 절강성(浙江省) 소흥현(紹興縣)에 있음. ◆菡萏(함담) : 연꽃 봉오리. ◆荷花(하화) : 연꽃. ◆西施(서시) : 월(越)의 미인. ◆溢(일) : 넘친다. ◆若耶(약야) : 약야계(若耶溪). 경호에 흐름. ◆越王家(월왕가) : 월왕(越王)의 궁전.

해설

서시(西施)는 유명한 미인. 이웃집 처녀가 그의 찡그리는 모양까지 흉내 냈다는 이야기가 전하는 정도다. 그러나, 집이 가난하여 나무를 해다 팔기도 하고, 약야계(若耶溪)에서 연밥[蓮子]을 뜯기도 하였다. 후일, 이를 발견하여 정략적(政略的)으로 이용한 것이 월왕(越王) 구천(句踐).

그가 오(吳)에 패하여 원수를 갚기 위해 와신상담했다는 것은 유명한 일화지만, 오왕(吳王) 부차(夫差)를 타락시키기 위해 서시를 보냈던 바, 부차는 미색에 혹하여 고소대(姑蘇臺)에 올라 연일 행락(行樂)을 일삼다가 월(越)에 의해 멸망되고 말았다.

연밥 뜯는 노래 — 채련곡(採蓮曲)은 중국 시인들이 좋아하는 테마.

자야오가 3

― 다듬이질

조각달이 서울을 희미히 비추고
집집마다 다듬이 소리 섧게 울립니다.

가을바람인들 어찌 무심히 듣겠어요?
다 그리움을 돕는 것뿐입니다.

어느 날에나 오랑캐 무찌르고
임은 옥관(玉關)에서 돌아올지요.

子夜吳歌 三
자야오가 삼

長安一片月 萬戶擣衣聲 秋風吹不盡
장안일편월 만호도의성 추풍취부진

總是玉關情 何日平胡虜 良人罷遠征
총시옥관정 하일평호로 양인파원정

주

◆一片月(일편월) : 한 조각의 달. ◆擣衣(도의) : 옷을 다듬는 것. ◆總是
(총시) : 모두. '시(是)'는 별뜻 없이 어조(語調)를 돕는 글자. ◆옥관정(玉關
情) : 전쟁에 나간 남편을 그리워하는 정. 옥문관(玉門關)은 감숙성(甘肅省)
에서 신강성(新疆省)으로 나가는 데에 있는 관문(關門)으로, 중국인에게는
곧 전장을 상징하는 이름이었다. ◆胡虜(호로) : 서북쪽의 오랑캐. 흉노(匈
奴). ◆良人(양인) : 아내가 남편을 부르는 말. 당신.

해설

서울을 희미히 비추는 조각달의 '하나—'와, 싸움에 나가 돌아오지 않
는 남편에게 겨울옷을 만들어 보내려고 다듬이질에 열중하는 집집의
'만(萬)'과 대조되는 애절을, 더욱 북돋는 것은 쓸쓸한 가을 바람! '총시
(總是)'의 두 자, 천지만물을 규합하여 임에의 원정(怨情)으로 돌리어 천
근의 무게를 보이고, 겨우 6구의 소편(小篇)이로되 만리를 부는 바람같
이 휩쓸어 내려가니, 기교를 농(弄)함이 없이 자연스러운 속에 그 한이
문자 밖에 넘친다.

자야오가 4

— 바느질

내일 아침이면 인편이 있다기에
밤을 도와가며 솜옷을 짓습니다.

바늘과 가위 잡은 손 얼어드는
참으로 참으로 추운 밤입니다.

만들어서 부치기야 한다지만
언제나 그곳에 닿을는지요.

子夜吳歌 四
자야오가 사

明朝驛使發 一夜絮征袍 素手抽針冷
명 조 역 사 발   일 야 서 정 포   소 수 추 침 랭

那堪把剪刀 裁縫寄遠道 幾日到臨洮
나 감 파 전 도   재 봉 기 원 도   기 일 도 임 조

주

◆驛使(역사) : 우편물을 배달하는 사람. ◆絮(서) : 옷에 솜을 넣음. ◆征袍(정포) : 전쟁에 나간 사람이 입을 솜옷. ◆抽(추) : 뽑는다. 뺀다. ◆那(나) : 어찌 ~하랴? ◆剪刀(전도) : 가위. ◆臨洮(임조) : 서역(西域)으로 가는 요소(要所)로 감숙성(甘肅省) 임담현(臨潭縣)의 서남에 있어서, 지명만 들어도 전장(戰場)을 생각게 하는 곳의 하나.

해설

바늘이나 가위에도 겨울의 추위는 느껴지는데, 돌아올 기약조차 없는 임이여! 추위가 더할수록 더욱 느는 임에 대한 그리움이여!

장간행(長干行)

내 머리가 이마 처음
뒤덮던 무렵
꽃 꺾어 문 앞에서
놀고 있자면
당신은 죽마(竹馬)를
타고 나타나
평상(平牀) 가의 청매(靑梅)를
만적거렸지.
장간리(長干里) 한 마을에
같이 살면서
둘이 다 어렸기에
스스럼 몰라……

열 넷이라 당신의
신부가 되니
부끄러워 웃지도
차마 못하고,

고개 숙여 어둔 벽을
향하고 앉아
천 번이나 불러도
고개 못 돌려…….
열 다섯에야
이마를 펴고
티끌 되고 재 되도록
살자고 했지.

어리석기까지의
한 조각 단심(丹心)!
망부대(望夫臺)에 오를 줄야
뉘 알았으리.
열 여섯 때
당신이 멀리 가시니
파촉(巴蜀)이라 만리 길
구당(瞿塘) 염예퇴(灩澦堆)!
5월이면 장마져
물살 급하고
하늘에서랴 잔나비 울음
슬프다 하네.

대문 앞길 당신의
발자취에는
일일이 푸르른
이끼가 돋아
그 이끼 짙거니
치울 길 없고
가을바람에 일찍도 지는
나뭇잎이네.
8월이라 어디선지
한 쌍의 나비
날아와 서원(西園)에서
노는 것 보면
내 마음은 아파서
찢어지는 듯,
젊음의 시들어감
안타깝기만…….
그 언제 삼파(三巴)를
떠나실는지
미리 알려만
보내신다면
먼 길쯤 조금도

꺼리지 않고
날아라도 가려네.
장풍사(長風沙)까지.

長干行
장간행

妾髮初覆額	折花門前劇	郎騎竹馬來	遶牀弄青梅	同居長干里
첩 발 초 부 액	절 화 문 전 극	낭 기 죽 마 래	요 상 농 청 매	동 거 장 간 리
兩小無嫌猜	十四爲君婦	羞顔未嘗開	低頭向暗壁	千喚不一回
양 소 무 혐 시	십 사 위 군 부	수 안 미 상 개	저 두 향 암 벽	천 환 불 일 회
十五始展眉	願同塵與灰	常存抱柱信	豈上望夫臺	十六君遠行
십 오 시 전 미	원 동 진 여 회	상 존 포 주 신	기 상 망 부 대	십 육 군 원 행
瞿塘灩澦堆	五月不可觸	猿聲天上哀	門前舊行跡	一一生綠苔
구 당 염 예 퇴	오 월 불 가 촉	원 성 천 상 애	문 전 구 행 적	일 일 생 녹 태
苔深不能掃	落葉秋風早	八月蝴蝶來	雙飛西園草	感此傷妾心
태 심 불 능 소	낙 엽 추 풍 조	팔 월 호 접 래	쌍 비 서 원 초	감 차 상 첩 심
坐愁紅顔老	早晚下三巴	豫將書報家	相迎不道遠	直至長風沙
좌 수 홍 안 로	조 만 하 삼 파	예 장 서 보 가	상 영 불 도 원	직 지 장 풍 사

주

◆長干行(장간행) : 지금의 남경(南京) 남쪽에 있었던 마을 이름. 서민들의
동네였던 것 같다. 행(行)은 노래. ◆妾(첩) : 여인의 1인칭. ◆劇(극) : 노
는 것. 장난함. ◆郎(낭) : 남자의 2인칭. ◆嫌猜(혐시) : 스스럼. 딴 생각.
◆抱柱信(포주신) 고지식한 신의(信義). 미생(尾生)이라는 청년이 어느 다
리 밑에서 여자와 만나기로 했는데, 비가 와서 물이 불었으나 미생은 그대

로 여인을 기다리다가 다리의 기둥을 안은 채 죽었다는 고사(故事)에서 나온 말. ◆望夫臺(망부대) : 남편 돌아오기를 높은 데에 올라가 기다리다가 화석(化石)이 되었다는 전설은 곳곳에 있다. ◆瞿塘(구당) : 양자강(揚子江)의 삼협(三峽)의 하나. 절벽 사이를 급류가 흘러 위험한 곳. ◆灩澦堆(염예퇴) : 구당협(瞿塘峽)에 있는 큰 암초(暗礁). 거북 같은 모양을 하고 있다. ◆三巴(삼파) : 파군(巴郡)·파동(巴東)·파서(巴西). ◆長風沙(장풍사) : 안휘성(安徽省) 지주(池州) 부근에 있는 지명.

해설

이백은 여인의 심리에 민감하여, 그녀들의 처지를 대변하는 시를 많이 썼다. 이것도 그런 악부의 하나! 서민층의 여성이 여성이기 때문에 더듬는 안타까움과 한이 여실히 나타나 있다.

양반아(楊叛兒)

당신은 양반아(楊叛兒)를
노래하세요,

나는 신풍(新豊)의
술을 따르리다.

어디가 제일
마음에 걸리느냐고요?

그야 백문(白門) 밖
버들이지요.

까마귀가 울어
버들꽃에 숨으면

당신은 취한 김에
제 집에서 주무세요.

향로 속에서
침향(沈香)은 피어올라

두 연기 하나 되어
하늘까지 이를 것을.

楊叛兒
양반아

君歌楊叛兒 妾勸新豊酒 何許最關人 烏啼白門留
군 가 양 반 아 첩 권 신 풍 주 하 허 최 관 인 오 제 백 문 류

烏啼隱楊花 君醉留妾家 博山爐中沈香火 雙煙一氣凌紫霞
오 제 은 양 화 군 취 유 첩 가 박 산 로 중 침 향 화 쌍 연 일 기 능 자 하

주

◆楊叛兒(양반아) : 옛날 민요의 이름. ◆妾(첩) : 여인이 자기를 부르는 말. ◆新豊酒(신풍주) : 신풍(新豊)은 장안(長安) 근방에 있는 술의 명산지. ◆關人(관인) : 마음에 걸리는 것. ◆白門(백문) : 육조시대(六朝時代)의 서울이던 건강(建康)의 서문(西門). 건강(建康)은 지금의 남경(南京). ◆楊花(양화) : 버들꽃. ◆博山爐(박산로) : 가에 산 모양이 장식되어 있는 화로. 박산(博山)은 하남성(河南省) 절천현(浙川縣) 동쪽에 있던 한대(漢代)의 지명. ◆沈香(침향) : 열대지방에 나는 나무로 향료로서 귀히 여겨졌다. 물에 넣어 둘수록 목질이 단단해지므로 침향(沈香) 혹은 침수향(沈水香)이라고 부른다. ◆雙煙(쌍연) : 두 줄기의 연기. ◆紫霞(자하) : 푸른 안개.

해설

제(齊)의 악부(樂府)에 누가 쓴 것인지는 모르나 「양반아(楊叛兒)」라는 작품이 전해 온다. 악부라는 것은 원래 한(漢)의 궁중에서 음악을 맡은 관청이었으나 이윽고 거기서 연주하는 음악에 씌어지는 가사를 뜻하게 되고, 다시 후일에는 음악과는 관계없이 악부를 흉내내어서 쓴 시를 의미하게 되었다. 따라서 그것이 딴 시보다는 민요적이요, 보다 음률에 치중되어 있음은 물론이다.

당(唐)의 시인들이 악부를 쓰는 경우, 대개 옛날 악부의 제목을 그대로 이용하였고, 내용에 있어서는 그 제목과 관계 없는 사실을 다루기도 하였다. 그러나 이 이백의 작품은 옛날의 「양반아」의 제목과 내용을 아울러 본뜬 예에 속한다.

궁중행락사(宮中行樂詞) 1

금옥(金屋)에 태어나고
자라난 몸은

예쁘기도 예쁘거니
궁중에 사네.

산꽃을 꺾어
쪽에 꽂고

석죽(石竹) 수놓은
비단 저고리!

항상 심궁(深宮)에서
나올 때마다

언제나 보련(步輦) 따라
되돌아가고.

걱정은 노래와 춤
흩어져 버려

고운 구름 되어서
날아갈까 봐…….

宮中行樂詞 一
궁 중 행 락 사 일

小小生金屋 盈盈在紫微 山花揷寶髻 石竹繡羅衣
소 소 생 금 옥 영 영 재 자 미 산 화 삽 보 계 석 죽 수 라 의

每出深宮裏 常隨步輦歸 只愁歌舞散 化作綵雲飛
매 출 심 궁 리 상 수 보 련 귀 지 수 가 무 산 화 작 채 운 비

주

◆宮中行樂詞(궁중행락사) : 궁중(宮中)에서의 행락(行樂)을 노래한 것. ◆小
小(소소) : 나이가 어린 것. ◆金屋(금옥) : 황금으로 만든 집. 한(漢)의 무
제(武帝)는 어렸을 적에 아교(阿嬌 : 후일의 陳皇后)를 보자, 그녀를 아내로
얻으면 금옥에 살게 해주겠다고 했다. ◆盈盈(영영) : 어여쁜 모양. ◆紫微
(자미) : 북두(北斗)의 북쪽에 있는 별 이름으로, 중국에서는 천제(天帝)가
있는 곳이라 여겨 왔다. 그래서 왕궁의 뜻으로 쓰인다. ◆步輦(보련) : 사람
이 끌도록 되어 있는 련(輦). 물론 천자(天子)의 전용이다. ◆綵雲(채운) : 아
름다운 빛깔의 구름.

해설

이백은 42세에서 44세까지 3년 간, 한림(翰林)에 출사(出仕)하여 궁중을 드나들었다. 맹계(孟棨)의 「본사시(本事詩)」에는 이런 얘기가 전한다. 궁녀를 상대로 즐기고 있던 현종(玄宗)은, 고력사(高力士)를 시켜 이백을 불렀다. 이때 이백은 영왕(寧王)의 저택에서 만취해 있었는데, 황제(皇帝) 앞에 나가서도 몸을 제대로 가누지 못했다. 현종은 천재를 골탕먹일 생각을 했는지 오율(五律) 10수를 쓰도록 명령했다. 율시(律詩)는 대구(對句) 기타의 제약이 까다로운 시형(詩型)이기에, 자유분방한 이백은 이를 좋아하지 않았다. 그것을 뻔히 안 황제의 책략이었다. 두 명의 측근으로 부축케 하고, 붓을 들려 주었다. 그러자 이백은 십 수의 시를 거침 없이 휘갈겼는데, 흠 하나 없는 명편(名篇)들이어서 현종도 새삼 감탄했다고 한다. 8수만이 전해 온다. 그러나 이것은 악부(樂府)면서도 오언율시(五言律詩)의 형식을 따르고 있는 데서 생긴 설화이리니, 제목에 붙어 있는 사(詞)라는 말도 그것이 처음부터 악부로서 제작됐음을 말해 준다. '사'는 악부의 별명이기 때문이다.

궁중행락사 2

황금빛으로
버들눈 트고

백설 같은 배꽃의
풍기는 향기.

구슬 누각(樓閣)에는
비취(翡翠)가 살고

진주(眞珠)의 전각(殿閣)
원앙 깃드네.

기(妓)를 뽑아 조련(雕輦)을
따르게 하고

안에서 가희(歌姬)를
불러 오시네.

궁중에서 그 누가
으뜸이냐고?

그야 소양전(昭陽殿)의
비연(飛燕)이지요.

宮中行樂詞 二
궁 중 행 락 사 이

柳色黃金嫩 李花白雪香 玉樓巢翡翠 珠殿鎖鴛鴦
유 색 황 금 눈 이 화 백 설 향 옥 루 소 비 취 주 전 쇄 원 앙

選妓隨雕輦 徵歌出洞房 宮中誰第一 飛燕在昭陽
선 기 수 조 련 징 가 출 동 방 궁 중 수 제 일 비 연 재 소 양

주

◆黃金嫩(황금눈) : 새로 버들눈이 터서, 황금빛으로 빛나고 연약해 보임.
◆玉樓(옥루) : 구슬로 장식한 다락. ◆翡翠(비취) : 비취새. 날개가 예쁘기
로 유명하다. ◆妓(기) : 여러 재주를 부리는 배우. ◆雕輦(조련) : 조각을
베푼 연(輦). ◆洞房(동방) : 깊숙한 방. ◆飛燕(비연) : 한(漢)의 성제(成帝)
의 황후였던 조비연(趙飛燕). 그는 신분은 천했으나 가무(歌舞)에 뛰어난 미
인으로, 가볍게 춤추는 모습이 제비 같다 해서 비연이라는 이름이 붙었다.
미행(微行)한 성제의 눈에 띄어 궁중에 들어와, 총애를 한몸에 모았다. 그녀
는 한(漢) 일대(一代)를 대표하는 미인으로 꼽히고, 또 날렵한 미인의 대표
로 시문(詩文)에 많이 오르내린다. ◆昭陽(소양) : 비연이 살고 있던 궁전.

해설

구중을 노래한 시답게 화려한 형용들이 동원되었고, 유명한 비연(飛燕)을 인용해 끝을 맺었다.

궁중행락사 3

귤은 중국의
나무가 되고

포도도 대궐에서
이제는 나네.

노을과 꽃들
낙일(落日)에 어울리니

풍악도 봄바람에
취해 흐르는 날,

피리 불면 용이
물에서 울고

퉁소 소리에 하늘에서
봉황이 내려…….

님에게야 즐거울 일
많으시지만

천하와 한가지로
즐기신대누!

宮中行樂詞 三
궁 중 행 락 사   삼

盧橘爲秦樹　蒲桃出漢宮　煙花宜落日　絲管醉春風
노 귤 위 진 수　포 도 출 한 궁　연 화 의 락 일　사 관 취 춘 풍

笛奏龍鳴水　簫吟鳳下空　君王多樂事　還與萬方同
적 주 용 명 수　소 음 봉 하 공　군 왕 다 락 사　환 여 만 방 동

주

◆盧橘(노귤) : 귤의 종류일 것이나, 요즘의 그것과 같은지는 잘 모르겠다. 남방이 원산으로 중국에 이식된 것이겠다. ◆蒲桃(포도) : 포도(葡萄)라고도 쓴다. 페르시아 원산으로, 한 무제(漢武帝) 때에 중국으로 들어왔다. ◆煙花(연화) : 노을과 꽃. ◆絲管(사관) : 현악과 관악이니, 곧 음악을 이르는 말. ◆笛奏龍鳴水(적주용명수) : 한(漢)의 마융(馬融)이 쓴 「적부(笛賦)」에 이런 이야기가 있다. 서방의 오랑캐인 강인(羌人)이 대를 베고 있자니까, 용이 나타나 물속에서 울다가 이윽고 사라졌다. 그런데 이때에 베어낸 대나무로 피리를 만들었더니, 그 소리가 용의 울음 소리 같았다. ◆簫吟鳳下空(소음봉하공) : 『열선전(列仙傳)』에 의하면, 소사(簫史)라는 사람은 퉁소를 잘 불

었는데, 그가 불 때마다 봉황새가 날아와 그 집 지붕에 앉았다는 것. ◆萬方(만방) : 천하.

해설

당시만 해도 이국적 식물이던 귤과 포도를 등장시키고, 강인(羌人). 소사(簫史) 고사까지 인용하여 번져가던 시상은, 끝에 가서 묘한 뉘앙스를 풍긴다. '천하와 한가지로 즐기신다'고. 겉으로는 온건한 말 같이도 보이지만, 잘 음미하면 거기에 풍자의 가시가 숨겨져 있음을 알게 될 것이다.

궁중행락사 4

나무에 봄빛이
돌아오면은

금궁(金宮)에선 즐거운
일들이 많네.

아침에야 후궁(後宮)에
안 납시지만

밤이면 연(輦)을 타고
찾으시기에

꽃 사이 속삭임에
웃음은 일고

교태는 촛불 밑
노래 속에 넘치네.

밝은 저 달을
못 가게 하여

항아(姮娥)를 이 한밤
취하게 하자.

宮中行樂詞 四
궁 중 행 락 사 사

王樹春歸日　金宮樂事多　後庭朝未入　輕輦夜相過
옥 수 춘 귀 일　금 궁 낙 사 다　후 정 조 미 입　경 련 야 상 과

笑出花間語　嬌來燭下歌　莫教明月去　留著醉姮娥
소 출 화 간 어　교 래 촉 하 가　막 교 명 월 거　유 착 취 항 아

주

◆王樹(옥수) : 아름다운 나무.　◆金宮(금궁) : 황금의 대궐.　◆後庭(후정) : 후궁(後宮).　◆朝未入(조미입) : 아침에는 후궁에 들어가지 않음이니, 천자는 조정에 나가 정사를 보살펴야 한다.　◆留著(유착) : 만류함.　◆姮娥(항아) : 항아(嫦娥)라고도 한다. 명궁(名弓) 예(羿)의 부인이었는데, 남편이 서왕모(西王母)에게서 받아 온 불사약(不死藥)을 훔쳐 먹었기 때문에, 몸이 달까지 날아가 버렸다는 전설이 있다.

해설

이백의 공상력은 시간과 공간의 테두리를 넘어, 고금과 월세계(月世界)를 막 달린다. 그가 대취(大醉)하여 이것을 썼다는 전설은 차치하고라도, 한 제목을 가지고 여러 시편을 휘갈기면서, 갈수록 상(想)이 새롭고 언어가 묘미를 더해 감은, 이 무슨 솜씨, 이 무슨 역량이랴.

궁중행락사 5

문틈으로 스미는
바람도 따스한데

새벽빛 훤히
사창(紗窓) 적시면

궁 뜰의 꽃들
다투어 햇볕에 웃고

못 가의 풀도
은근히 봄을 뱉는다.

나무에서 새들이
노래하기에

청루(靑樓)에선 더덩실
춤이 벌어져…….

도화(桃花)・이화(李花) 피는 철의

소양전(昭陽殿) 달은

비단옷도 눈부신

미인들과 친한 듯.

宮中行樂詞 五
궁 중 행 락 사 오

繡戶香風暖　紗窓曙色新　宮花爭笑日　池草暗生春
수 호 향 풍 난　사 창 서 색 신　궁 화 쟁 소 일　지 초 암 생 춘

綠樹聞歌鳥　靑樓見舞人　昭陽桃李月　羅綺自相親
녹 수 문 가 조　청 루 견 무 인　소 양 도 리 월　나 기 자 상 친

주

◆繡戶(수호) : 화려하게 장식한 방문. 궁녀의 방을 가리키는 말 ◆紗窓(사
창) : 엷은 비단을 바른 창문. ◆宮花爭笑日(궁화쟁소일) : 『유자신론(劉子
新論)』에 '봄꽃은 햇빛을 머금어 웃는 것 같고, 가을 잎은 이슬에 젖어 우는
것 같다'는 것이 있다. ◆池草暗生香(지초암생향) : 사영운(謝靈運)의 '지당
생춘초(池塘生春草)'를 의식하고 썼을 것이다. ◆靑樓(청루) : 제(齊)의 무제
(武帝)가 흥광루(興光樓)에 푸른 칠을 했으므로, 이 다락을 청루라 불렀다는
이야기가 『남사(南史)』에 보인다. 후세에서는 술집, 기녀의 집의 뜻으로 사
용되었으나, 여기서는 전자의 의미다. ◆昭陽(소양) : 비연(飛燕)이 살던 궁
전. ◆羅綺自相親(나기자상친) : 꽃에 뒤덮인 소양전의 정경도 아름답지만

거기에서 춤추는 궁녀들 또한 아름다워서, 꽃이 사람인지 사람이 꽃인지 헷갈리게 한다는 뜻.

해설

궁에서 벌어지는 행락이 눈에 보이는 듯하다. 특히 '녹수문가조 청루견무인(綠樹聞歌鳥 靑樓見舞人)'은, 아주 강한 이미지다.

궁중행락사 6

오늘은 우리
명광전(明光殿)에서

모두들 떼를 지어
놀아나 보자.

봄바람에 전각(殿閣)을
열어 젖히니

하늘의 풍악은
다락에 이네.

고운 그 춤의
솜씨 대단한데

부끄러운 체
어여쁜 노래.

더욱 재미있기는
꽃 있는 달밤

궁녀들이 떠들썩
벌이는 장구(藏鉤)놀이!

宮中行樂詞 六
궁 중 행 락 사 육

今日明光裏 還須結伴遊 春風開紫殿 天樂下珠樓
금 일 명 광 리 환 수 결 반 유 춘 풍 개 자 전 천 악 하 주 루

艶舞全知巧 嬌歌半欲羞 更憐花月夜 宮女笑藏鉤
염 무 전 지 교 교 가 반 욕 수 경 련 화 월 야 궁 녀 소 장 구

주

◆明光(명광) : 궁전 이름. 『삼보황도(三輔黃圖)』에 '무제(武帝)가 신선이 되고자 해 명광궁(明光宮)을 세우고, 연조(燕趙)의 미녀 2천 명을 여기에 있게 했다'는 기록이 있다. ◆紫殿(자전) : 궁중의 전각. 자(紫)는 자미(紫微)의 약(略)이니, 궁을 가리킨다. ◆憐(련) : 재미있게 안다는 것. ◆藏鉤(장구) : 두 패로 갈리어서, 한 패 중의 누구가 손에 감추고 있는 갈구리를 다른 패에서 알아 맞추는 놀이. 한 무제(漢武帝)의 구익부인(鉤弋夫人)은 어렸을 때부터 한쪽 손이 오므라져서 펴지지 않았는데, 무제가 손을 대자 곧 손이 펴지고, 그 속에는 구슬의 갈구리가 들어 있었다. 장구의 놀이는 이 구익부인의 전설에서 나왔다고 한다.

해설

궁중은 여인의 세계다. 3천 궁녀라는 말이 우리 나라에서는 과장이었지만, 중국의 그것은 3천은 훨씬 넘어섰을 공산이 크다. 『삼보황도(三補黃圖)』에 의하면, 무제(武帝)가 명광전(明光殿)을 짓고. 여기에 미녀 2천을 두었다 한 것으로도 짐작이 간다. 그런 미녀의 천하라, 서로 사이에 미묘한 감정도 있었을 것이요, 또 황제를 중심하여 재미있는 놀이도 적지 않았을 것이다.

궁중행락사 7

매화 속에 찬 눈이
녹아버리고

봄바람이 버들의
눈을 틔우면

꾀꼬리는 취한 듯
노래 부르고

재재기며 처마에
나는 제비떼.

봄날의 노랫자리
밝기도 한데

꽃들이 어울리어
빛나는 무의(舞衣)!

저녁이면 상감도
행차하시어

즐거움 햇볕과
빛을 다투네.

宮中行樂詞 七
궁 중 행 락 사 칠
寒雪梅中盡 春風柳上歸 宮鶯嬌欲醉 簷燕語還飛
한 설 매 중 진 춘 풍 유 상 귀 궁 앵 교 욕 취 첨 연 어 환 비
遲日明歌席 新花艷舞衣 晩來移綵仗 行樂好光輝
지 일 명 가 석 신 화 염 무 의 만 래 이 채 장 행 락 호 광 휘

주

◆寒雪梅中盡(한설매중진) : 매화가 피면 차츰 눈이 없어지니까 하는 말.
◆宮鶯嬌欲醉(궁앵교욕취) : 궁중의 꾀꼬리가 취한 듯 운다는 말인지, 아니
면 취한 듯 어여쁜 맵시라는 말인지 확실치 않다. ◆遲日(지일) : 한가한
봄날. 『시경(詩經)』에, '춘일지지(春日遲遲)'라는 말이 보인다. ◆晩來(만
래) : 저녁 때. 래(來)는 조자(助字). ◆移綵仗(이채장) : 장(仗)은 위병(衛
兵)이요, 채(綵)는 화려하다는 뜻의 형용사. 근위병을 옮긴다는 것은 천자
가 행차한다는 뜻.

해설

'행락호광휘(行樂好光輝)'라는 끝말에는 다소 문제가 있어 보인다. '즐기는 모양이 광휘(光輝)에 어울린다'는 여기에서, 광휘는 분명 햇빛을 가리킨 것으로 여겨진다. 그런데 이것이 봄날의 예사 햇빛이라면 문제가 없으려니와, 그 앞줄에 '만래(晚來)'라는 말이 나온 터이므로 저녁 햇빛, 바꾸어 말하면 낙일(落日)이라고 보아 마땅하다. 그렇다면 '행락하는 모습이 낙일(落日)에 어울린다'는 것은, 아주 신랄한 풍자가 안 되겠는가. 찌르되 노골적인 것을 피해 은근한 태도를 취하는 것이, 중국 풍자시의 본령(本領)이었다.

궁중행락사 8

남훈전(南薰殿) 거기
물이 푸르고

북궐루(北闕樓)에는
꽃이 붉은데

태액지(太液池)에서
꾀꼬리 울 제

생(笙) 소리 일어
영주(瀛洲)를 도네.

소녀(素女)는 패옥 소리
딸랑거리고

채구(綵毬) 차면서
노는 천녀(天女)들!

오늘 아침처럼
따스한 날은

미앙궁(未央宮) 들어가
노는 게 좋겠네.

宮中行樂詞 八
궁 중 행 락 사 팔
水綠南薰殿 花紅北闕樓 鶯歌聞太液 鳳吹遠瀛洲
수 록 남 훈 전 화 홍 북 궐 루 앵 가 문 태 액 봉 취 요 영 주
素女鳴珠佩 天人弄綵毬 今朝風日好 宜入未央遊
소 녀 명 주 패 천 인 롱 채 구 금 조 풍 일 호 의 입 미 앙 유

주

◆南薰殿(남훈전)·北闕樓(북궐루) : 다 당대(唐代)의 궁궐 이름. ◆太液
(태액) : 한 무제(漢武帝)가 판 못. 못 남쪽에 건장궁(建章宮)이라는 큰 궁전
을 짓고, 못 속에는 높이 2천여 장(丈)의 점대(漸臺)를 쌓아, 삼장(三丈)에
이르는 석경(石鯨)을 세워 놓았다. 또 세 개의 섬을 만들어 삼신산(三神山)
을 상징시켰다. 한(漢)의 성제(成帝)는 비연을 데리고 여기에 배를 띄워 즐
겼고, 당대(唐代)에도 이를 본떠서 봉래전(蓬萊殿) 북쪽에 태액지를 만들고,
그 속의 섬을 봉래산이라 불렀다고 한다. ◆鳳吹(봉취) : 생(笙)을 가리킨
말. 생이 봉황의 모양을 따르고 있기 때문이다. ◆瀛洲(영주) : 삼신산의
하나. ◆素女(소녀) : 선녀 이름. 슬(瑟)을 잘 뜯기로 유명하다. ◆珠佩(주

패) : 진주를 패물로 차는 것. 번역에서는 그대로 '패옥(佩玉)'이라 했으나, 엄밀히 따지면 옥(玉)과 주(珠)는 다르다. ◆綵毬(채구) : 아름다운 공. ◆ 未央(미앙) : 한(漢)의 정궁(正宮).

해설

같은 소재를 두고 8편의 시를 쓰면서, 갈수록 유출유기(愈出愈奇), 필력이 조금도 떨어지지 않았다. 천고(千古)에 독보하는 역량이 아니고야 어찌 가능하랴.

2
산중문답(山中問答)

산중문답(山中問答)

왜
산에 사느냐기에

그저 빙긋이
웃을 수밖에.

복사꽃 띄워
물은 아득히…….

분명 여기는
별천지인 것을.

山中問答
산중문답

問余何事栖碧山　笑而不答心自閑　桃花流水杳然去　別有天地非人間
문여하사서벽산　소이부답심자한　도화유수묘연거　별유천지비인간

주

◆余(여) : 자칭. 나. ◆栖(서) : 산다. ◆桃花流水(도화유수) : 도연명(陶淵
明)의 「도원행(桃園行)」에 보면, 물에 떠오는 복사꽃을 보고 개울을 따라 올
라간 끝에, 도원(桃園)을 발견한 것으로 되어 있다. ◆杳然(묘연) : 먼 모
양. ◆人間(인간) : 사람이 사는 이 세상. 속세.

해설

산에 사는 마음을 속된 사람에게 아무리 말해 보아야 필경 도로(徒勞)에
그칠 것이매 웃을 뿐 대답하지 않을 것이니, 묻는 사람의 눈엔들 복사
꽃 뜬 냇물이 보이지 않았을 리야 없지마는, 마음이 이르지 못하매 자
연의 미묘한 기틀을 보고도 못 보는 것으로, '별유천지비인간(別有天地非
人間)'이 경치의 유별남을 뜻하는 데 그치지 않고, 마음의 유한(幽閑)한
경지를 가리킴을 알 것이다.

하일산중(夏日山中)

백우선(白羽扇)을
부치기도 귀찮다.

숲속에 들어가
벌거숭이가 되자.

건(巾)은 벗어
석벽(石壁)에 걸고

머리에 솔바람을
쐬자.

夏日山中
하 일 산 중

懶搖白羽扇　裸袒靑林中　脫巾挂石壁　露頂灑松風
나 요 백 우 선　나 단 청 림 중　탈 건 괘 석 벽　노 정 쇄 송 풍

주

◆懶(나) : 귀찮은 것. ◆白羽扇(백우선) : 흰 새의 깃으로 만든 부채. 청담
(淸談)을 일삼던 진(晉)의 귀족들이 애용했다고 한다. ◆裸袒(나단) : 상반
신을 벗는 것.

해설

얼마나 진솔한가. 자연의 품에 안기는 한 벌거숭이의 인간상을
여기에서 볼 수 있다.

오사모(烏紗帽)

오사모
보내시니

백접리(白接羅)
그보다 낫네.

산골 사람이라
거울도 안 보지만

어린 놈이 어울린다
말해 주더군.

答友人贈烏紗帽
답 우 인 증 오 사 모

領得烏紗帽 全勝白接羅 山人不照鏡 稚子道相宜
영 득 오 사 모 전 승 백 접 리 산 인 불 조 경 치 자 도 상 의

주

◆영득(領得) : 남이 보내 준 것을 받는 것. 得은 조자(助字). ◆烏紗帽(오사모) : 검은 사(紗)로 만든 모자. ◆白接䍦(백접리) : 흰 접리관. 진(晉)의 산간(山簡)이 술에 취해 이것을 거꾸로 쓰고 다녀서 유명하다. 「양양가(襄陽歌)」 참조. ◆山人(산인) : 산골 사람. ◆稚子(치자) : 어린 자식. ◆道(도) : 말함. 이름. ◆相宜(상의) : 어울리는 것.

해설

이백은 절구(絶句)에 독보한다는 말을 들어 왔는데, 과연 그렇구나 하는 생각이 든다. 아무 것도 아닌 이런 일을 자연 그것인 듯한 솜씨로 나타내어, 묘한 정서와 멋을 풍기게 한다. 천의무봉(天衣無縫)이랄까, 조작의 흔적이 조금도 안 보이니, 그것이 선필(仙筆)임을 알 수 있다. 원제는 「답우인증오사모(答友人贈烏紗帽)」. 우인(友人)이 오사모를 보내 준 데 대해 대답함.

경정산(敬亭山)

못새들 높이 떠
날아가고

고요히 흐르는
한 송이 구름.

아무리 바라봐도
싫지 않은 것

오직 저기 저
경정산 그뿐!

敬亭山
경정산

衆鳥高飛盡 孤雲獨去閑 相看兩不厭 只有敬亭山
중조고비진 고운독거한 상간량불염 지유경정산

주

◆敬亭山(경정산) : 안휘성(安徽省) 선성현(宣城縣)의 북쪽에 있는 산. 이백이 흠모해 마지 않은 육조(六朝)의 시인 사조(謝脁)가 선성의 태수였을 때, 항상 이 산에 올라가 놀았었다고 전한다.

해설

전(轉)·결(結)의 두 구는 도연명(陶淵明)의 '채국동리하 유연견남산(採菊東籬下 悠然見南山)'에나 견줄 만한 고고(孤高)한 경지다. 아무 꾸밈없이 불쑥 하는 말 같으면서, 사실은 어떤 기교로도 못 미치는 묘미를 자아내는 곳에, 이백의 특이한 세계가 있어 보인다.

백로(白鷺)

가을 물 보고
백로가 내려와서

마치 흰 서리 날리듯
내려와서

마음 한가함인가,
얼마 동안 가지 않고

물가 모래 위에
홀로 서 있다.

白鷺鷥
백 로 사

白鷺下秋水 孤飛如墜霜 心閑且未去 獨立沙洲傍
백 로 하 추 수 고 비 여 추 상 심 한 차 미 거 독 립 사 주 방

주

◆ 下(하) : 내려오다. ◆ 墜霜(추상) : 떨어지는 서리. ◆ 且(차) : 잠시.

해설

원제는 「백로사(白鷺鷥)」, 뜻은 백로와 마찬가지다.

　이것은 한 폭의 묵화(墨畵)! 가을의 풍광(風光)을, 어느 한 순간의 백로에 집약하여 파악했다. 아무렇지 않은 듯하면서도, 굉장한 작자의 역량이 기울어진 작품이다. 이백은 웅대한 거편대작(巨篇大作)에도 뛰어난 솜씨를 보였지만, 이렇게 작은 자연의 기미에도 아주 민감하였다. 능히 커질 수도 있고, 능히 작아질 수도 있는 곳에, 시인으로서의 그의 위대함이 있었다.

낙화(落花)에 묻혀서

술을 마시다 보니
어느덧 날이 어둡고

옷자락에 수북히
쌓인 낙화여!

취한 걸음, 시냇물의
달 밟고 돌아갈 제

새도 사람도 없이
나 혼자로라.

自遣
자 견
對酒不覺暝 落花盈我衣 醉起步溪月 鳥還人亦稀
대 주 불 각 명 낙 화 영 아 의 취 기 보 계 월 조 환 인 역 희

◆暝(명) : 어둡는다. ◆盈(영) : 차다. 만(滿). ◆溪月(계월) : 시냇물에 비친 달.

해설

원제는 「자견(自遣)」. 스스로 저를 위안하는 것.

날이 어둡는 것도, 낙화가 오지랖에 수북히 쌓이는 것도 잊고 술을 마신 풍류. 그리하여 새 소리도 끊어지고 인기척도 드문 시내 따라 난 길을 비틀대는 걸음으로 달빛을 밟고 돌아가는 사람! 오언절구(五言絶句)는 자연스런 정을 담되, 말은 짧으나 뜻은 길어서 함축부진(含蓄不盡)의 맛이 있어야 하나니, 이백으로 으뜸을 삼음이 까닭 있다 하겠다.

정야(靜夜)

침상(寢牀) 앞에
달빛이 밝다.

서리라도
내린 듯.

고개를 드니
산에 달이 걸리고

눈에 삼삼이는 고향······.

나는 그만
머리를 숙인다.

靜夜思
정 야 사

牀前明月光　疑是地上霜　擧頭望山月　低頭思故鄕
상 전 명 월 광　의 시 지 상 상　거 두 망 산 월　저 두 사 고 향

주

◆ 牀(상) : 침대.

해설

고향을 생각하고 잠을 못 이루어 이리 뒤척 저리 뒤척 하다가, 문득 보
노니 뜰을 뒤덮은 이 어인 흰 서리이뇨. 이윽고, 고개를 쳐들어 산에 걸
린 달을 보고야 그것이 서리 아닌 달빛임을 알았으되, 나그네의 시름은
더욱 진정할 길 없어 다시 고개 숙여 향수에 잠기노니······.

　저절로 된 듯한 시다. 쉬운 말에다 나오는 동작은 머리를 들고 숙이
는 그것뿐이지만 무한한 감회가 서림은, 진솔이 때로 기교를 능가하기
때문이다. '시는 언지(言志)다' 하는 고래(古來)의 시관(詩觀)은 이런 것
을 말함이리라.

　『당시선(唐詩選)』 기타에 기구(起句)를 '간월광(看月光)'으로 하는 것은
잘못이니, 그리 되면 월광의 자연함을 손(損)할 뿐 아니라, '거두(擧頭)'
의 묘한 기틀을 지레 뺏는 것이 되지 않겠는가. 황석규(黃錫珪)는 이것
을 31세 때의 작으로 친다.

아미산(峨眉山) 밑을 지나며

가을이라 아미산에
반달 걸리니

그 그림자 평강강(平羌江)
물에 떠 흘러…….

밤들어 청계(淸溪) 떠나
삼협(三峽) 가는 길.

생각뿐, 못 만난 채
유주(渝州)를 지나가다.

峨眉山月歌
아 미 산 월 가

蛾眉山月半輪秋 影入平羌江水流 夜發淸溪向三峽 思君不見下渝州
아 미 산 월 반 륜 추   영 입 평 강 강 수 류   야 발 청 계 향 삼 협   사 군 불 견 하 유 주

주

◆峨眉山(아미산) : 촉(蜀 : 지금의 四川省) 서부에 있는 산. ◆半輪(반륜) : 수레바퀴를 반으로 자른 것 같음. 반원. ◆平羌江(평강강) : 사천성의 강명(江名). 아미산 밑을 지나 민강(岷江)과 합류함. ◆淸溪(청계) : 사천성 건위현(犍爲縣)에 있는 역명(驛名). 보통명사로서의 그것이 아님. ◆三峽(삼협) : 양자강(揚子江) 상류의 골짜기. 삼협이 무엇을 가리키느냐에 대해서는 이설이 있으나, 보통 구당협(瞿塘峽)·무협(巫峽)·서릉협(西陵峽)을 말하는 것으로 되어 있다. ◆유주(渝州) : 사천성 중경(重慶).

해설

이 시에는 아미산·평강강·청계·삼협·유주 등의 고유명사가 28자 중 12자나 차지하고 있는 바, 그러면서도 어색한 느낌을 조금도 주지 않고, 도리어 작자의 무한한 고독감에 젖어들게 하는 곳에, 신품(神品)으로서의 진가가 유감없이 나타나 있다. 한 구 한 구를 따지고 보면 평범한 말 그것이건만, 그 전체가 풍기는 것은 천재 아니면 꿈도 못 꿀 예술의 지순(至醇)한 경지다. 이 시는 고래로 명작으로 꼽히어, 소동파(蘇東坡) 같은 이는 이 신운(神韻)을 찬탄하는 시까지 남기고 있다. 천성(天成)의 시인이란, 이를 두고 하는 말일 것이다.

도사를 찾아

봉우리들
하늘에 치솟은 곳

도사는
햇수도 모르고 산다.

구름을 헤쳐
길을 찾아가다가

나무에 기대어
숨을 돌리며 듣는 물 소리.

꽃 그늘 따뜻하여
푸른 소 눕고

솔은 높아
백학(白鶴)이 존다.

이야기하다 보니
강물 빛 어둬 오기에

언개에 젖어
산을 내려온다.

尋雍尊師隱居
심옹존사은거

群峭碧摩天 逍遙不記年 撥雲尋古道 倚樹聽流泉
군초벽마천 소요불기년 발운심고도 의수청류천
花暖青牛臥 松高白鶴眠 語來江色暮 獨自下寒煙
화난청우와 송고백학면 어래강색모 독자하한연

주

◆峭(초) : 높고 험한 봉우리. ◆摩天(마천) : 하늘에 닿을 듯이 높은 것.
◆流泉(유천) : 유수(流水)와 같다. 흐르는 물. 천(泉)은 샘만이 아니라, 흐
르는 물 모두를 가리킨다. ◆青牛(청우) : 검은 소를 멋지게 부르느라고 그
렇게 이른다.

해설

율시(律詩)는 3·4구와 5·6구가 대구를 이루어야 한다. 3·4구에 보면 발(撥)이라는 동사는 의(倚)라는 동사와, 운(雲)은 수(樹)와 명사끼리 대를 이루고 있다. 심(尋)과 청(聽), 고도(古道)와 유천(流泉)도 같은 용례다. 5·6구에서도 엄밀한 대가 취해진 위에, 청(靑)과 백(白) 같은 채색의 대조까지 되고 있음을 볼 것이다. 또 5구 자체 안에서도, 꽃빛과 소의 청색과의 대조라든지, 6구에서의 소나무로 연상되는 푸른 빛과 학의 흰빛의 대조를 생각할 때, 얼마나 세심한 배려가 행해지고 있는지 알 것이다. 그 위에 '소요(逍遙)'는 『장자(莊子)』에 나오고, '청우(靑牛)'는 노자(老子)가 함곡관(函谷關)을 지날 때에 탔던 소와 같다는 점에서, 도사와 관계 있는 이 시에 적잖은 함축을 부여하고 있다 할 것이다.

봉황루(鳳凰樓)에서

봉황대에서
봉황 놀더니

봉황 가고 대는 비고
강만 흘러라.

오(吳)의 궁궐 화초는
길에 묻히고

진나라[晉] 때 그 의관(衣冠)
언덕된 여기,

세 산은 하늘 밖에
반쯤 떨어지고

두 강물 백로주(白鷺洲)를
싸고 나뉘어……

그 모두 뜬구름이
해를 가렸기

서울 아니 보이어
시름하놋다.

登金陵鳳凰樓
등 금릉 봉황루

鳳凰臺上鳳凰遊 鳳去臺空江自流 吳宮花草埋幽徑 晉代衣冠成古丘
봉 황 대 상 봉 황 유　봉 거 대 공 강 자 류　오 궁 화 초 매 유 경　진 대 의 관 성 고 구

三山半落靑天外 二水中分白鷺洲 總爲浮雲能蔽日 長安不見使人愁
삼 산 반 락 청 천 외　이 수 중 분 백 로 주　총 위 부 운 능 폐 일　장 안 불 견 사 인 수

주

◆金陵(금릉) : 지금의 남경(南京). ◆鳳凰樓(봉황루) : 육조(六朝)의 송대 (宋代)에, 남경의 서남에 있는 산에 봉황이 나타났다 하여 지은 고대(高臺). ◆吳宮花草(오궁화초) : 오(吳)의 대궐에 있던 미녀들. 손권(孫權)은 여기에 도읍하여 오를 세웠다. ◆晉代衣冠(진대의관) : 남경은 동진(東晉)의 서울 이기도 했다. 의관은 귀족과 관리들. ◆三山(삼산) : 남경 서남에 있는데, 세 봉우리가 늘어서 있어서 이 이름이 붙었다는 것. ◆二水(이수) : 양자강 (揚子江)의 지류는, 남경 근처에서 둘로 나뉘어, 하나는 성내로 들어오고, 다른 하나는 성밖을 돌아, 백로주(白鷺洲)라는 섬을 끼고 흐른다. ◆浮雲 (부운) : 임금의 총명을 가리는 간신들. ◆日(일) : 천자의 상징.

해설

역사적 유서가 깊은 남경의 봉황루에 올라, 이백은 서울 쪽을 아득히 바라보며 감개에 잠겼다. 역사에 대한 회고가 있고, 인생의 관조가 있고, 또 자연의 묘사가 있고, 자신의 개탄이 있으나, 그것들이 한데 포개져서 장강(長江)같이 흐른 곳에 이 시의 특이함이 있다.

흔히 최호(崔顥)의 황학루시(黃鶴樓詩)를 들어, 그것을 모방한 것이라고 평하는 이들이 있으나, 그것에 자극되었다는 것은 있을 수 있되, 이를 본떴다고 보는 것은 가혹할 줄 안다. 도리어 이백의 장점인 웅휘한 기상이 거침없이 발휘되어, 그가 아니면 엄두도 못 낼 명작임에 틀림없겠다.

3
달과 술의 인연

취해 누우면

천고(千古)의 시름을
씻어 내리며

연달아 백 병의
술을 마셔라.

이런 밤은 청담(淸談)에
어울리고

밝은 달도 그냥
자게는 안 해…….

고요한 산에
취해 누우면

천지가 곧
나의 금침(衾枕)인 것을!

友人會宿
우인회숙

滌蕩千古愁　留連百壺飮　良宵宜淸談
척탕천고수　유련백호음　양소의청담
皓月未能寢　醉來臥空山　天地卽衾枕
호월미능침　취래와공산　천지즉금침

주

◆滌蕩(척탕) : 씻어 내는 것. ◆千古愁(천고수) : 천고에 쌓인 근심. ◆留連(유련) : 계속해 한 곳에 머물러 있는 것. ◆淸談(청담) : 속기(俗氣)를 벗어난 멋진 이야기. 죽림칠현(竹林七賢) 사이의 청담은 특히 유명하다. ◆皓月(호월) : 흰 달. 밝은 달.

해설

원제는 「우인회숙(友人會宿)」. 친구와 같이 잤다는 뜻. 술에 언급할 때, 이백에게는 생기가 돌고 재기가 빛난다. 그의 호협한 기상이 잘 나타난 점에서, 그의 장시(長詩) 「장진주(將進酒)」에도 비견할 만하다고 나는 생각한다.

대작(對酌)

둘이서 마시노라니
산에는 꽃이 벌고

한 잔 한 잔 기울이면
끝없는 한 잔.

취했으니 자려네.
자넨 갔다가

내일 아침 맘 내키면
거문고 안고 오게나.

山中與幽人對酌
산 중 여 유 인 대 작

兩人對酌山花開　一杯一杯復一杯　我醉欲眠卿且去　明朝有意抱琴來
양 인 대 작 산 화 개　일 배 일 배 부 일 배　아 취 욕 면 경 차 거　명 조 유 의 포 금 래

주

◆對酌(대작) : 마주 앉아 술을 마심. ◆復(부) : 다시. ◆卿(경) : 그대. ◆且(차) : 잠시.

해설

원제는 「산중여유인대작(山中與幽人對酌)」. 산중에서 유인(幽人 : 산중에 은거하는 사람)과 대작한다는 뜻. 동양에는 자연과 사람과의 대립이 없었다. 사람도 자연의 일부로서 자연에 순응해야 된다고 생각했다. 인위적인 것은 천하게 여기고 배척하였다. 마시고 싶으면 마시는 것뿐, 거기에는 딴 아무 것도 없으니, 마치 때가 되면 꽃이 저절로 피고 저절로 지는 것이나 다를 바 없다. 취해서 졸리면 가라고 한다. 이것은 도연명(陶淵明)이 한 말을 인용한 것이지만, 말하는 이에게 딴 뜻이 있음도 아니요, 듣는 쪽도 물론 자연스럽게 듣는다. 뜻이 있거든 거문고 안고 내일 다시 오라는 결구(結句)에 이르러서는 그 은근한 정이 여운되어 길이 마음을 사로잡는다. 전구(全句)가 천의무봉(天衣無縫)하여 극히 쉬운 말을 나열하였으되 더할 수 없는 멋을 나타내는 데 성공하고 있다.

달에 묻노니

하늘에 달 있은 지
그 몇 해던가.
잠시 잔을 멈추고
한번 묻노니

사람이 뉘라서
저 달 잡으리.
제, 도리어
사람을 따라옴을……

하늘나라 선궁(仙宮)에
거울 걸린 듯
푸른 안개 걷힌 다음
밝은 그 빛깔!

초저녁 바다에서
둥두렷이 솟아나

새벽이면 남 모르게
사라지는 것.

봄 가을 여름 없이
흰토끼는 약을 찧고
항아(姮娥)는 외롭지 않으랴.
이웃이나 있는다?

우리는
옛 달을 못 보았으되
저 달은
옛 사람 비추었으리.

그제나 이제나
사람은 흐르는 물.
그들은 저 달 보며
무슨 시름 잠겼으랴.

원컨대 노래하며
술을 마실 때
맑은 그 빛 황금 술통
길이 비추길.

把酒問月
파주문월

青天有月來幾時　我今停杯一問之　人攀明月不可得　月行却與人相隨
청천유월래기시　아금정배일문지　인반명월불가득　월행각여인상수

皎如飛鏡臨丹闕　綠煙滅盡淸輝發　但見宵從海上來　寧知曉向雲間沒
교여비경임단궐　녹연멸진청휘발　단견소종해상래　영지효향운간몰

白兎擣藥秋復春　姮娥孤棲與誰鄰　今人不見古時月　今月曾經照古人
백토도약추부춘　항아고서여수린　금인불견고시월　금월증경조고인

古人今人若流水　共看明月皆如此　唯願當歌對酒時　月光長照金樽裏
고인금인약유수　공간명월개여차　유원당가대주시　월광장조금준리

　　　　　　　　　　　　　　　　　　　　　　　　　　　　　　·

주

◆幾時(기시) : 얼마나 시일이 지났나? 의문형. ◆停杯(정배) : 마시려다가 잔을 멈춤. ◆攀(반) : 손으로 잡아당김. ◆却(각) : 도리어. ◆皎(교) : 밝은 모양. ◆飛鏡(비경) : 하늘을 나는 거울. 달을 말함. ◆丹闕(단궐) : 선인(仙人)이 사는 궁전. ◆從(종) : ～로부터. ◆白兎擣藥(백토도약) : 달에서는 흰 토끼가 선약(仙藥)을 절구에 찧고 있다는 전설이 있다. ◆姮娥(항아) : 항아(嫦娥)라고도 한다. 본래 명궁(名弓)으로 유명한 하(夏)의 예(羿)라는 사람의 부인이었는데, 예가 선녀인 서왕모(西王母)로부터 얻어온 선약을 훔쳐 먹고 승천하여 달에 산다고 한다. ◆孤棲(고서) : 남편과 떨어져 혼자 갔으니까 이르는 말. ◆若流水(약유수) : 흐르는 물과 같음. 공자(孔子)가 물가에서 말하되 "지나가는 것은 다 이와 같다. 밤낮으로 쉬지 않는다" 한 것이 『논어(論語)』에 보인다. ◆金樽(금준) : 금으로 만든 술통.

해설

우리가 달을 하나의 천체로서 바라보고 있는 데 비해, 이백이 얼마나 달과 친근한 관계에 있었나 하는 점이 가슴에 온다. 사뭇 무슨 친구처럼 여기며 이와 대화하고 있다. 이 시에서도 그 둘의 사이를 이어 주는 것은 술! 술잔을 들고 달에 말을 거는 데서 시작하여, 달빛이 술통을 길이 비추어 주기를 바라면서 끝내었다. 낭만파 시인답게 달의 미(美)라든가 거기에 사는 토끼나 선녀에 관심을 보이기도 하지만 사람이 가지는 한계 같은 것을 달과 대비시켜 느끼고도 있다. 그러나 술이 있고 달이 있는 바에야 인생도 꽤 살 만하지 않느냐 하는 태도다. 절망은 없으며 건전(健全)조차 하다.

이 시에서는 4구마다 한 번씩 운(韻)을 바꾸었다. 절구(絶句)나 율(律)이 한 운(韻)으로 시종하는 데 대해 고시(古詩)에서는 2구, 3구 혹은 4구마다 운을 바꾸는 수가 있다. 이런 경우, 평성(平聲)과 측성(仄聲)의 운을 교대로 놓는 수가 많은 바, 이 시에서도 '지·월·진·지(支·月·眞·紙)'의 운 중에서 '지'와 '진'은 평성(平聲), '월'은 입성(入聲), '지'는 상성(上聲)으로 평측이 교차되고 있다. 한 운으로 나가는 것을 일운도저격(一韻到底格)이라 부르는 데 대하여 운이 바뀌는 것을 환운격(換韻格) 또는 전운격(轉韻格)이라 한다. 이러한 환운은 내용과도 밀접한 관계가 있으니, 한 운이 끝나는 데서 내용에도 단락이 지어짐이 보통이다.

장진주(將進酒)

그대는 보지 못했는가, 황하(黃河)의 저 물
천상에서 내려와
달리어 바다에 곧 이르면
돌아오지 않음을!
그대는 보지 못했는가, 덩그런 집 속
거울과 마주앉아 백발을 슬퍼함을!
아침에 푸른 실같던 그것
저녁 되니 어느덧 흰 눈이어라.
뜻 같을 적
모름지기 즐길 것이니
달빛 아래 황금 술통
그대로 두지 말라.
하늘이 이 몸을 낳으셨으매
반드시 쓰일 곳 있음이려니
천금(千金)은 흩으면
돌아오는 것.
양을 찌고 소를 잡아

즐길 것이니
한번에 삼백 잔야
마시리로다.
잠부자(岑夫子),
단구생(丹丘生)!
술을 보내노니
그대여 막지를 말라.
그대 위해
내 한 곡조 노래하리니
나를 위해 귀 기울여
들어나 보게.
풍악이라 진미(珍味)라
귀할 것 없고
원하기는 길이 취해
깨지 않는 일—.
고래로 모든 성현
적막도 한 속
술꾼만이 그 이름
남기었나니,
진왕(陳王)은 그 옛날
평락관(平樂觀)에서

한 말에 만전(萬錢) 술로

즐기었도다.

주인이여, 돈 모자람

걱정치 말게.

곧 술을 사다가

함께 마시리.

오화마(五花馬),

천금구(千金裘)!

애를 시켜 좋은 술과

바꾸게 하여

그대 함께

만고의 이 시름 잊어 보리라.

將進酒
장진주

君不見黃河之水天上來 奔流到海不復回 君不見高堂明鏡悲白髮
군 불 견 황 하 지 수 천 상 래 분 류 도 해 불 부 회 군 불 견 고 당 명 경 비 백 발

朝如靑絲暮成雪 人生得意須盡歡 莫使金樽空對月 天生我材必有用
조 여 청 사 모 성 설 인 생 득 의 수 진 환 막 사 금 준 공 대 월 천 생 아 재 필 유 용

千金散盡還復來 烹羊宰牛且爲樂 會須一飮三百杯 岑夫子 丹丘生
천 금 산 진 환 부 래 팽 양 재 우 차 위 락 회 수 일 음 삼 백 배 잠 부 자 단 구 생

進酒君莫停 與君歌一曲 請君爲我傾耳聽 鐘鼓饌玉不足貴
진 주 군 막 정 여 군 가 일 곡 청 군 위 아 경 이 청 종 고 찬 옥 부 족 귀

但願長醉不用醒　古來聖賢皆寂寞　惟有飮者留其名　陳王昔時宴平樂
단원장취불용성　고래성현개적막　유유음자류기명　진왕석시연평락

斗酒十千恣歡謔　主人何爲言少錢　徑須沽取對君酌　五花馬 千金裘
두주십천자환학　주인하위언소전　경수고취대군작　오화마 천금구

呼兒將出換美酒　與爾同銷萬古愁
호아장출환미주　여이동소만고수

주

◆材(재) : 재능. ◆烹羊宰牛(팽양재우) : 양을 찌고 소를 요리함. ◆岑夫子 (잠부자) : 시인 잠삼(岑參)이라는 설도 있으나 확실치 않다. 부자는 '선생' 정도의 미칭(美稱). ◆丹丘生(단구생) : 도사인 원단구(元丹丘). 이백의 친 구였다. ◆鐘鼓(종고) : 쇠북과 북. 화려한 음악을 가리키는 말. ◆饌玉 (찬옥) : 산해의 진미. ◆陳王(진왕) : 조식(曹植). 그는 조조(曹操)의 아들 로 당시의 대표적 시인이었다. 그는 진왕에 봉해졌다. ◆平樂(평락) : 낙양 에 있던 평락관(平樂觀). ◆斗酒十千(두주십천) : 한 말에 일만 전이나 하는 고급의 술. 조식의 「명도편(名都篇)」에 '귀래연평락 미주두십천(歸來宴平樂 美酒斗十千)'이라 했다. ◆徑須(경수) : 모름지기. 경(徑)은 수(須)를 강조하 는 조자(助字). ◆五花馬(오화마) : 털빛이 아름다운 말. ◆千金裘(천금 구) : 맹상군(孟嘗君)이 가지고 있었다는 여우 가죽으로 만든 겉옷. 값이 천 금이나 했다.

해설

이백의 천재성이 가장 잘 나타난 명편 중의 하나다. 정서가 장강(長江)처럼 흘러가 거칠 것이 없다. 송강(松江)에게도 「장진주사(將進酒辭)」가 있으나, 성과는 문제가 안 된다.

독작(獨酌)

꽃 사이에 앉아
혼자 마시자니

달이 찾아와
그림자까지 셋이 됐다.

달도 그림자도
술야 못 마셔도

그들 더불어
이 봄밤 즐기리.

내가 노래하면
달도 하늘을 서성거리고

내가 춤추면
그림자도 춘다.

이리 함께 놀다가
취하면 서로 헤어진다.

담담한 우리의 우정!
다음에는 은하 저쪽에서 만날까.

獨酌
독작

花間一壺酒　獨酌無相親　擧杯邀明月　對影成三人
화 간 일 호 주　독 작 무 상 친　거 배 요 명 월　대 영 성 삼 인

月旣不解飮　影徒隨我身　暫伴月將影　行樂須及春
월 기 불 해 음　영 도 수 아 신　잠 반 월 장 영　행 락 수 급 춘

我歌月徘徊　我舞影零亂　醒時同交歡　醉後各分散
아 가 월 배 회　아 무 영 영 란　성 시 동 교 환　취 후 각 분 산

永結無情遊　相期邈雲漢
영 결 무 정 유　상 기 막 운 한

주

◆一壺酒(일호주) : 한 병의 술.　◆邀(요) : 불러 오는 것.　◆徒(도) : 공연
히.　◆將(장) : ~과.　◆行樂(행락) : 즐기는 것.　◆零亂(영란) : 부서져 흩
어짐.　◆無情遊(무정유) : 세속을 떠난 우정.　◆邈(막) : 먼 모양.　◆雲漢
(운한) : 은하(銀河).

해설

이백에게는 술을 노래한 것이 많다. 또 달을 노래한 것도 많다. 그것은 그가 천성의 낭만주의자인 때문이었을 것이니, 달은 취흥을 북돋고, 취흥은 시흥을 일으켰으리라. 달과 그림자와 자기와 셋이서 마시는 술, 결국 혼자서 마시는 술이, 두보(杜甫) 같은 이의 붓에 올랐다면 뼈저리는 애수를 동반했을 터이지만, 이백의 이 시에는 사소한 처량함도 느껴지지 않고 분방한 감정이 적극적인 자세로 흘러, 명랑함을 잃지 않고 있음은 특이하다 하겠다. '아가월배회 아무영영란(我歌月徘徊 我舞影零亂)'에 이르러서는 낭만의 극치! 어디서 다시 그 짝을 구하랴.

양양가(襄陽歌)

현산(峴山)의 서쪽 해는 지려는데
모자 거꾸로 쓰고 꽃 아래 비틀대는 사람 있나니
양양(襄陽)의 애들 일제히 손뼉치고
거리를 메워 합창하는 백동제(白銅鞮)!
무엇 그리 웃냐고 남이 물으니
저 취한 꼴 좀 보라 하여라.
노자(鸕鷀)의 구기
앵무(鸚鵡)의 술잔
백년 치고 삼만 육천 일
하루에 삼백 배(杯)씩 마셔 두게나.
멀리 구비치며 흐르는 한수(漢水)
포도주 익을 때와 자못 같으니
이 강 만약 봄술로 바뀐다면은
누룩으로 조구대(糟丘臺)를 쌓아 올리리.
천금의 준마(駿馬) 소첩(小妾)과 바꿔
'낙매(落梅)' 노래하여 말을 달리며
수레에는 한 병의 술을 매달고

풍악을 갖추어서 흥을 돋구리.

함양(咸陽)에서 황견(黃犬)을 탄(嘆)함보다야

달 아래 술 마심이 아니 나으랴.

그대 보지 못했는가, 진(晉)나라 양공(羊公)의 한 조각 비석,

귀두(龜頭) 떨어지고 이끼 돋음을!

그를 위해 그 누구 눈물지으며

그를 위해 그 누구 슬퍼해 주리.

청풍명월(淸風明月)은 돈 한푼 안 들이고 살 수 있나니

옥산(玉山) 무너지도록 술을 마시리.

서주(舒州)의 구기

역사(力士)의 그릇,

이백은 너와 생사 같이 하리라.

양왕(襄王)의 운우(雲雨) 이제 어디 가 찾으리?

강은 흐르고 잔나비 밤중을 울 뿐이어라.

襄陽歌
양 양 가

落日欲沒峴山西　倒著接䍦花下迷　襄陽小兒齊拍手　攔街爭唱白銅鞮
낙 일 욕 몰 현 산 서　도 착 접 리 화 하 미　양 양 소 아 제 박 수　난 가 쟁 창 백 동 제

傍人借問笑何事　笑殺山公醉似泥　鸕鷀杓　鸚鵡杯　百年三萬六千日
방 인 차 문 소 하 사　소 쇄 산 공 취 사 니　노 자 작　앵 무 배　백 년 삼 만 육 천 일

一日須傾三百杯　遙看漢水鴨頭綠　恰似葡萄初醱醅　此江若變作春酒
일 일 수 경 삼 백 배　요 간 한 수 압 두 록　흡 사 포 도 초 발 배　차 강 약 변 작 춘 주

疊麴便築糟丘臺 千金駿馬換小妾 笑坐雕鞍歌落梅 車旁側挂一壺酒
누국변축조구대　천금준마환소첩　소좌조안가낙매　차방측괘일호주

鳳笙龍管行相催 咸陽市中歎黃犬 何如月下傾金罍
봉생용관행상최　함양시중탄황견　하여월하경금뢰

君不見晉朝羊公一片石 龜頭剝落生莓苔 淚亦不能爲之墮
군불견진조양공일편석　귀두박락생매태　누역불능위지타

心亦不能爲之哀 淸風朗月不用一錢買 玉山自倒非人推 舒州杓 力士鐺
심역불능위지애　청풍낭월불용일전매　옥산자도비인퇴　서주작　역사당

李白與爾同死生 襄王雲雨今安在 江水東流猿夜聲
이백여이동사생　양왕운우금안재　강수동류원야성

주

◆襄陽(양양) : 호북성 북부, 한수(漢水) 기슭에 있는 도시. 예전부터 행락처로 이름이 높았다. ◆峴山(현산) : 양양 동남에 있는 산. ◆接䍦(접리) : 흰 모자. 진(晉)의 산간은 기행(奇行)이 많았는데, 형주(荊州)의 태수가 되어 양양에 살았을 때는, 언제나 몹시 취해 모자를 거꾸로 쓰고는 말을 타고 다녔다. 양양 사람들 사이에는 그를 소재로 한 노래가 생겼는데, '도착백접리(倒著白接䍦)'라는 문구가 있었다. ◆白銅鞮(백동제) : 육조시대에 양양에서 유행한 동요. ◆山公(산공) : 산간(山簡). ◆鸕鷀(노자) : 목이 긴 물새. 가마오지. 더펄새. 술구기가 이 새 모양을 하고 있은 것. ◆鸚鵡杯(앵무배) : 인도양에서 잡히는 앵무조개는 모양과 빛이 앵무의 부리를 닮았는데, 그것으로 술잔을 만든 것. ◆鴨頭綠(압두록) : 오리 머리 모양으로 푸른 것. ◆醱醅(발배) : 발효함. ◆疊麴(누국) : 쌓인 누룩. ◆糟丘臺(조구대) : 하(夏)의 걸왕(桀王)은 놀이만을 일삼았으므로, 술 찌꺼기가 쌓여 대가 됐다고 한다. ◆千金駿馬換小妾(천금준마환소첩) : 위(魏)의 조창(曹彰)은 어떤 말을 보고 탐이 났으나, 그 주인이 절대로 팔려 하지 않는지라, 자기의 첩

과 바꾸었다. ◆落梅(낙매) : 곡명(曲名). ◆咸陽(함양) : 섬서성(陝西省)에 있던 진(秦)의 수도. ◆黃犬(황견) : 진의 재상인 이사(李斯)는 분서갱유(焚書坑儒)의 장본인이거니와, 끝내는 조고(趙高)의 모함으로 함양의 거리에서 가족 모두가 사형에 처해졌다. 그때 이사는 아들을 향해 "다시 한번 너와 함께 황견을 데리고, 고향의 교외에서 토끼사냥을 해보았으면 좋겠다"고 하면서 울었다. ◆金罍(금뢰) : 황금의 술잔. ◆羊公(양공) : 진(晉)의 양호(羊祜)는 양양을 다스려 퍽 민심을 얻고 있었는데, 그가 죽자 양양 사람들은 양호가 많이 놀던 현산에 비(碑)를 세웠다. 그런데 이 비를 보는 자는 다 눈물을 흘렸기에, 이것을 타루비(墮淚碑)라고 하였다. ◆龜頭(귀두) : 고대의 비는 대석(臺石)이 거북이 모양을 하고 있는데, 그 머리. ◆玉山自倒(옥산자도) : 진(晉)의 혜강(嵇康)은 술에 취해 쓰러지는 모양이, 옥산이 무너지는 것 같았다.[『世說』] ◆舒州杓(서주작) : 서주는 술그릇의 명산지였다. 작(杓)은 구기. ◆力士鐺(역사당) : 강서성(江西省) 남창시(南昌市)에서 나던 우수한 자기(磁器). 역사의 모양이 조각되어 있었을 것이다. ◆襄王雲雨(양왕운우) : 조(楚)의 양왕(襄王)이 운몽에 놀았을 때, 꿈에 여인을 만나 같이 즐겼는데, 그 여인은 "무산(巫山)에서 아침에는 구름이 되고, 저녁에 비가 된다"고 했다. 그래서 남녀의 정사를 운우(雲雨)라 이르게 되었다.

해설

양양은 행락의 땅으로 이름 높은 곳이다. 이백도 가끔 이곳에 가서 놀았던 모양이어서, 이 시 밖에도 「양양곡(襄陽曲)」 4수가 전한다.

시는 장단구(長短句)를 뒤섞으면서, 모름지기 술을 마시며 즐길 것이라는 취지를 노래하였다. 이백의 역작(力作) 중의 하나다.

여산요(廬山謠)

나는 본디 초(楚)나라 광인(狂人)
봉가(鳳歌)를 불러 공구(孔丘) 비웃었나니
손에 녹옥(綠玉)의 지팡이 짚고
아침에 황학루(黃鶴樓) 떠나니라.
오악(五嶽)에 신선 찾아 먼 길 사양치 않고
일생에 즐기는 것 명산 찾아 노니는 일.
여산은 남두성(南斗星) 곁에 치솟고
운금(雲錦)을 편 듯한 구첩(九疊) 병풍봉(屛風峰),
그 푸른 그림자 호수에 어려……
금궐(金闕)이 열리는 곳 두 봉이 높고
세 개 돌다리에 은하 거꾸로 걸리다.
향로봉(香爐峰) 폭포 멀리 바라보면
하늘에 닿은 벼랑과 봉우리들.
아침해 받아 산 빛과 노을 곱고
새도 날아 못 이를 하늘의 넓이!
높은 데 올라 천지를 바라보니
대강(大江)은 아득히 흘러가곤 안 돌아오고

누런 구름 만리를 뒤덮어 바람에 나부끼며
흰 물결 아홉 갈래 설산(雪山)을 휘돌아라.
여산을 노래하리.
여산의 이 흥!
돌거울 비쳐 내 마음 정히 하면
사공(謝公)의 자췬 이끼에 덮였고녀.
환단(還丹) 먹었기에 속정(俗情) 없는데
마음 편하거니 도가 이루어져…….
멀리 채운(彩雲) 속에 신선이 있어
부용(芙蓉) 들고 옥경(玉京) 찾는 모습 보여라.
한만(汗漫)과는 구해(九垓)에서 만나잔 선약 있나니
노오(盧敖)를 맞아 태청(太淸)에서 놀리.

廬山謠寄盧侍御盧舟
여 산 요 기 노 시 어 허 주

我本楚狂人　鳳歌笑孔丘　手持綠玉杖　朝別黃鶴樓
아 본 초 광 인　봉 가 소 공 구　수 지 녹 옥 장　조 별 황 학 루

五嶽尋仙不辭遠　一生好入名山遊　廬山秀出南斗傍　屏風九疊雲錦張
오 악 심 선 불 사 원　일 생 호 입 명 산 유　여 산 수 출 남 두 방　병 풍 구 첩 운 금 장

影落明湖靑黛光　金闕前開二峰長　銀河倒挂三石梁
영 락 명 호 청 대 광　금 궐 전 개 이 봉 장　은 하 도 괘 삼 석 량

香爐瀑布遙相望　廻崖沓嶂凌蒼蒼　翠影紅霞映朝日　鳥飛不到吳天長
향 로 폭 포 요 상 망　회 애 답 장 능 창 창　취 영 홍 하 영 조 일　조 비 부 도 오 천 장

登高壯觀天地間 大江茫茫去不還 黃雲萬里動風色 白波九道流雪山
등 고 장 관 천 지 간　대 강 망 망 거 불 환　황 운 만 리 동 풍 색　백 파 구 도 류 설 산

好爲廬山謠 興因廬山發 閑窺石鏡淸我心 謝公行處蒼苔沒
호 위 여 산 요　흥 인 여 산 발　한 규 석 경 청 아 심　사 공 행 처 창 태 몰

早服還丹無世情 琴心三疊道初成 遙見仙人綵雲裏 手把芙蓉朝玉京
조 복 환 단 무 세 정　금 심 삼 첩 도 초 성　요 견 선 인 채 운 리　수 파 부 용 조 옥 경

先期汗漫九垓上 願接盧敖遊太淸
선 기 한 만 구 해 상　원 접 노 오 유 태 청

주

◆廬山(여산) : 강서성(江西省) 구강(九江)에 있는 명산. ◆楚狂人(초광인) : 초의 은사(隱士)였던 접여(接輿). 그는 도를 실현키 위해 동분서주하는 공자를 비웃는 노래를 불렀다. 『논어(論語)』 미자편(微子篇) 참조. ◆黃鶴樓(황학루) : 호북성(湖北省) 무창(武昌)의 서남에 있는 누각. ◆屛風九疊(병풍구첩) : 여산 속에 병풍첩이라는 봉우리가 있다. ◆靑黛(청대) : 푸르게 눈썹을 그린 것. ◆金闕(금궐) : 천제(天帝)가 사는 궁궐. ◆三石梁(삼석량) : 세 개의 돌다리. ◆沓嶂(답장) : 포개진 봉우리. ◆白波九道(백파구도) : 양자강(揚子江)의 흰 물결이 여산 북쪽에서 아홉 갈래로 갈라진다. 그래서 구강(九江)이라 한다. ◆石鏡(석경) : 여산의 남쪽에 석경봉(石鏡峰)이 있다. 산 위에 둥그런 돌이 있어서 사람의 그림자가 비친다고 한다. ◆謝公(사공) : 사영운(謝靈運)이니, 산수를 사랑한 육조(六朝)의 시인. ◆還丹(환단) : 도교에서 전하는 선약(仙藥). 단사(丹沙)를 태우면 수은(水銀)이 되고, 수은을 태우면 다시 단사가 되기에 환단이라 한다. ◆琴心三疊(금심삼첩) : 『황정내경경(黃庭內景經)』에 '금심삼첩무소선(琴心三疊舞昭仙)'이라는 말이 나오고, 양구자(梁邱子)의 주(註)는 '금(琴)은 화(和)요, 첩(疊)은 적

(積)이니, 삼단전(三丹田)을 화적여일(和積如一)하게 함이다' 했는데, 확실치 않다. ◆玉京(옥경) : 천제가 사는 곳. ◆九垓(구해) : 땅의 끝. ◆汗漫(한만)·盧敖(노오) : 노오라는 신선이 북쪽에 갔을 때, 이상한 사나이를 만났다. 아주 기괴한 모습을 하고 있는 그는 바람을 타고 가벼이 춤추고 있었다. 그래서 이 사람이야말로 친구로 삼을 만하다고 여겨서 북극을 안내해 달라고 하자, 그 사람은 "나는 한만과 구해에서 만날 선약이 있다"고 말하고, 곧 구름 속으로 사라져 버렸다. 『회남자(淮南子)』에 보임. ◆太淸(태청) : 천상의 세계. 삼청(三淸)의 하나.

해설

원제는 「여산요기노시어허주(廬山謠寄盧侍御虛舟)」. 여산의 노래를 시어 벼슬 하는 노허주에게 보낸다는 뜻. 시어는 전중시어사(殿中侍御史). 이것도 이백다운 기질이 잘 나타난 작품 중의 하나다. 호협하고 표일(縹逸)한 기상이 전편을 휩쓸어, 정말 방외(方外)에 노는 느낌이 든다. 더욱 신선이 옥경(玉京)으로 가는 환상 같은 것은 이백답다.

달의 노래

어렸을 적엔
달을 몰라서

백옥(白玉)의 쟁반이라
그리 불렀지.

요대(瑤臺)의 고운 거울
구름 끝 저기

날아가 걸렸는가
생각도 했지.

신선이 두 다리를
드리운 거기

계수나문 또 얼마나
무성함이랴.

흰 토끼는 절구질
약을 찧지만

그 누구 먹이려나
묻기도 했지.

두꺼비가 둥근 달
좀먹어 가서

밝은 그 빛 안 보이니
어찌나 할까.

아홉 개의 까마귀를
예(羿)가 떨구어

하늘도 사람도
편안했건만

음정(陰精)은 여기에
꺼지려 하여

갈수록 그 모양
초라도 하니,

아, 이 시름
어찌나 할까.

슬픔이 가슴을
바수어 놓네.

古朗月行
고 낭 월 행

少時不識月　呼作白玉盤　又疑瑤臺鏡　飛在靑雲端
소 시 불 식 월　호 작 백 옥 반　우 의 요 대 경　비 재 청 운 단

仙人垂兩足　桂樹何團團　白兎擣藥成　問言與誰餐
선 인 수 양 족　계 수 하 단 단　백 토 도 약 성　문 언 여 수 찬

蟾蜍蝕圓影　大明夜已殘　羿昔落九烏　天人淸且安
섬 여 식 원 영　대 명 야 이 잔　예 석 낙 구 오　천 인 청 차 안

陰精此淪惑　去去不足觀　憂來其如何　悽愴摧心肝
음 정 차 윤 혹　거 거 부 족 관　우 래 기 여 하　처 창 최 심 간

주

◆古朗月行(고낭월행) : 고풍(古風)의 명월(明月)의 노래. 행(行)은 노래의
일체(一體). ◆瑤臺(요대) : 구슬의 누대. 선녀가 사는 곳. ◆仙人垂兩足(선

122

인수양족) : 달에는 신선이 살고 계수나무가 있는데, 달이 커짐에 따라 신선의 두 발이 보이기 시작하고 달이 더 둥그래지면 계수나무가 보이게 된다고 중국인은 생각했다. ◆團團(단단) : 둥근 모양. ◆大明(대명) : 달을 가리킴. ◆羿昔落九烏(예석낙구오) : 『회남자(淮南子)』에 의하면, 요(堯) 때에 태양 열 개가 나타나 초림(草林)이 모두 타 죽는 변이 생겼다. 요는 명궁인 예를 시켜 아홉 개의 해를 쏘게 했는데, 해에는 각기 까마귀가 한 마리씩 살고 있어서, 아홉 개의 해가 떨어지자 아홉 마리의 까마귀도 화살에 맞아 죽어 있었다. ◆陰精(음정) : 한(漢)의 장형(張衡)의 「영헌(靈憲)」에 '달은 음정의 종(宗)'이라는 말이 보인다. 음기의 근원으로 본 것이니, 곧 달을 이른 말.

해설

악부에 속하는 작품이다. 달에 관한 전설을 민요적인 가락으로 엮어 갔다.

천모산(天姥山)의 꿈

뱃사람들은 영주(瀛洲)를 말하데만
물길 아득하니 찾을 길 없고
월인(越人)들이 이르는 천모(天姥)
운예(雲霓) 사이로 가끔 보여라.
하늘 닿아 거기에 도사린 그 산
오악(五嶽)을 누르고 적성(赤城) 덮느니
4만 8천 장(丈) 그 높은 천태산(天台山)도
이를 대해 동남으로 기울어진 듯.
그래서 오월(吳越) 땅 꿈에나 가려 하여
하룻밤 날아서 경호(鏡湖) 건너다.
호수의 달이 나를 비추며
섬계(剡溪)까지 나를 바라 주니라.
사공(謝公) 머물던 자취 지금도 있고
푸른 물 흐르는 곳 잔나비 울음!
발에는 사공(謝公)의 나막신 걸치고
몸으론 구름 닿는 사다리 오를 제
절벽의 중턱, 바다의 해돋이 보이고

공중에서 하늘 닭의 울음 들어라.
바윗길이기에 꽃 속 헤매고
돌에 의지하는 중 날이 저무니
곰과 용 울부짖어 물에 울리며
숲을 떨게 하고 산마루 흔드놋다.
푸른 구름 빗기운 머금고
물이 출렁이어 자욱한 안개!
번개질 벽력 소리
봉우리 무너지고
암굴(巖窟)의 돌문
쾅하고 열리니
하늘은 넓어 밑도 없는데
일월(日月)에 빛나는 금은의 누대!
무지개 입고 바람을 말 삼아서
구름의 신(神)들 분분히 내려올 제
호랑이 슬(瑟)을 뜯고 난새[鸞鳥]는 수레 몰며
따르는 신선 까마득 하늘 메워라.
하도 마음에 놀란 나머지
꿈에서 깨어나 탄식하노니,
베개와 잠자리만 덩그렁 남고
아까의 안개·노을 흔적 없고녀.

이 세상 즐거움 이런 것이니

고래로 만사는 흐르는 물결.

그대와 헤어지면 언제 또 돌아오랴.

흰 사슴이나 푸른 벼랑 새에서 길러

이것 타고 명산을 찾아다니리.

어찌 얼굴빛 고치고 허리 굽혀 귀인(貴人)을 섬겨

내 마음 어둡게 할 줄이야 있으랴.

夢遊天姥吟留別
몽 유 천 모 음 유 별

海客談瀛洲 煙濤微茫信難求 越人語天姥 雲霓明滅或可覩
해 객 담 영 주 연 도 미 망 신 난 구 월 인 어 천 모 운 예 명 멸 혹 가 도

天姥連天向天橫 勢拔五嶽掩赤城 天台四萬八千丈 對此欲倒東南傾
천 모 연 천 향 천 횡 세 발 오 악 엄 적 성 천 태 사 만 팔 천 장 대 차 욕 도 동 남 경

我欲因之夢吳越 一夜飛度鏡湖月 湖月照我影 送我至剡溪
아 욕 인 지 몽 오 월 일 야 비 도 경 호 월 호 월 조 아 영 송 아 지 섬 계

謝公宿處今尙在 淥水蕩漾淸猿啼 脚著謝公屐 身登靑雲梯
사 공 숙 처 금 상 재 녹 수 탕 양 청 원 제 각 착 사 공 극 신 등 청 운 제

半壁見海日 空中聞天鷄 千巖萬轉路不定 迷花倚石忽已暝
반 벽 견 해 일 공 중 문 천 계 천 암 만 전 노 부 정 미 화 의 석 홀 이 명

熊咆龍吟殷巖泉 慄深林兮驚層巓 雲靑靑兮欲雨 水澹澹兮生煙
웅 포 용 음 은 암 천 율 심 림 혜 경 층 전 운 청 청 혜 욕 우 수 담 담 혜 생 연

列缺霹靂 邱巒崩摧 洞天石扇 訇然中開 靑冥浩蕩不見底
열 결 벽 력 구 만 붕 최 동 천 석 선 굉 연 중 개 청 명 호 탕 불 견 저

日月照耀金銀臺 霓爲衣兮風爲馬 雲之君兮紛紛而來下
일 월 조 요 금 은 대 예 위 의 혜 풍 위 마 운 지 군 혜 분 분 이 래 하

虎鼓瑟兮鸞回車 仙之人兮列如麻 忽魂悸以魄動 怳驚起而長嗟
호고슬혜난회거 선지인혜열여마 홀혼계이백동 황경기이장차

惟覺時之枕席 失向來之煙霞 世間行樂亦如此 古來萬事東流水
유교시지침석 실향래지연하 세간행락역여차 고래만사동류수

別君去兮何時還 且放白鹿青崖間 須行卽騎訪名山
별군거혜하시환 차방백록청애간 수행즉기방명산

安能摧眉折腰事權貴 使我不得開心顏
안능최미절요사권귀 사아부득개심안

주

◆天姥(천모) : 산 이름. 절강성(浙江省) 신창현(新昌縣) 동쪽에 있다. ◆海客(해객) : 바다의 뱃사람. ◆瀛洲(영주) : 동해의 신선이 산다는 섬. 삼신산(三神山)의 하나. ◆煙濤(연도) : 안개와 물결. ◆微茫(미망) : 흐리멍텅한 모양. ◆雲霓(운예) : 구름과 무지개. ◆五嶽(오악) : 중국을 대표하는 다섯 개의 명산. 즉 동의 태산(泰山), 서의 화산(華山), 남의 형산(衡山), 북의 항산(恒山), 중앙의 숭산(嵩山). ◆赤城(적성) : 산 이름. 절강성 천태현(天台縣) 북녘에 있음. ◆天台(천태) : 산 이름. 이것도 천태현 북에 있는 바, 천모산은 천태산 북녘에 있다. ◆謝公(사공) : 사영운(謝靈運). 그는 육조(六朝)의 송(宋)의 시인. ◆謝公屐(사공극) : 사영운은 산수를 사랑하여 등산을 즐겼는데, 그는 등산 때에 신는 특별한 나막신을 고안했다. 나막신 밑의 나무를 붙였다 떼었다 하도록 하여, 오를 때는 앞의 것을 떼고, 내려올 때는 뒤의 것을 떼었다. ◆靑雲梯(청운제) : 구름에 닿을 듯이 높은 사다리. ◆半壁(반벽) : 절벽의 중간. ◆海日(해일) : 바다에서 뜨는 해. ◆天鷄(천계) : 중국의 신화에 의하면, 동남방의 도도산(桃都山) 정상에 큰 나무가 있는 바, 이름을 도도목(桃都木)이라 하고, 가지와 가지의 사이가 삼천리

나 된다고 한다. 이 나무에 천계가 살고 있어서, 아침에 햇빛이 비치면 때를 알리기 위해 울며, 그러면 천하의 닭들이 따라 운다는 것. ◆列缺(열결) : 번개. ◆洞天石扇(동천석선) : 동굴의 돌문. 선(扇)은 비(扉). ◆訇然(굉연) : 큰 소리의 형용. ◆靑冥(청명) : 푸른 하늘. ◆雲之君(운지군) : 구름의 신. 『초사(楚辭)』의 구가(九歌)에 '운중군(雲中君)'이 나온다. ◆摧眉(최미) : 눈썹을 찡그림. ◆權貴(권귀) : 권세가 있고 지위가 높은 사람. ◆開心顔(개심안) : 밝은 표정을 짓는 것.

해설

원제는 「몽유천모음유별(夢遊天姥吟留別)」. 꿈에 천모산에 노닌 시로 유별(留別)함. 유별은 떠나면서 놓고 오는 시. 이백의 재질과 성격이 가장 잘 나타난 시다. 꿈에 의탁한 천모산 기행은 실경(實景) 이상으로 절실한데다가, 구름의 신이 분분히 내릴 적에, 호랑이가 악기를 뜯고 난새가 수레를 몰며, 신선이 수없이 그 뒤를 따르는 낭만이 벌어진다. 그 분방한 상상력에 압도되지 않을 수 있겠는가.

4
정을 주고받으며

청계(淸溪)의 밤

밤들어 청계에서
잘 곳 구하니

주인은 바위 아래
살고 있데나.

처마의 기둥에
별이 걸리고

잠자리엔 그대로
물 바람 소리.

이윽고 달도
서산에 지고

잔나비 울음 슬프디 슬프게
들리어 왔네.

宿淸溪主人
숙 청 계 주 인

夜到淸溪宿　主人碧巖裏　簷楹挂星斗
야 도 청 계 숙　주 인 벽 암 리　첨 영 괘 성 두

枕席響風水　月落西山時　啾啾夜猿起
침 석 향 풍 수　월 락 서 산 시　추 추 야 원 기

주

◆淸溪(청계) : 안휘성(安徽省) 귀지현(貴池縣)에 있는 지명. 이백의 '야발청
계향삼협(夜發淸溪向三峽)'에 나오는 그 청계다.　◆簷楹(첨영) : 처마의 기
둥.　◆星斗(성두) : 별.　◆枕席(침석) : 베개와 자리.　◆啾啾(추추) : 울음
소리의 처량한 모양.

해설

이백은 방랑할 때, 지방관으로 있는 친척이나 친구를 찾기도 하고, 혹
은 시우(詩友)나 그의 숭배자의 접대를 받기도 했으며, 지방의 협객들의
신세를 지기도 했다. 명성이 워낙 높았기 때문에 가는 곳마다 술은 무
진장 마실 수 있었던 것이나, 돌아다니다 보면 어느 오막살이 같은 데
서 새우잠을 자야 하는 일도 있었을 것이다. 이것도 그런 한때의 소감!

오송산(五松山) 밑에서

오송산 밑에서
하룻밤 묵으니

보고 듣는 것
쓸쓸하기만.

농가는 추수로
고생이 한창

밤에도 이웃에선
절구질 소리.

노파가 공손히
들여온 고미반(菰米飯)

덩그런 소반에
달빛 밝은데

한 끼의 신세 짐이
부끄러워서

자꾸 고개 숙이며
차마 못 먹네.

宿五松山下荀媼家
숙 오 송 산 하 순 온 가

我宿五松下　寂寥無所歡　田家秋作苦　鄰女夜春寒
아 숙 오 송 하　적 료 무 소 환　전 가 추 작 고　인 녀 야 용 한

跪進彫胡飯　月光明素盤　令人慚漂母　三謝不能餐
궤 진 조 호 반　월 광 명 소 반　영 인 참 표 모　삼 사 불 능 찬

주

◆五松山(오송산) : 안휘성(安徽省) 동릉현(銅陵縣) 남쪽에 있다. ◆田家(전
가) : 농가. ◆秋作(추작) : 가을의 일. 추수하는 일. ◆春(용) : 절구질함.
◆彫胡(조호) : 소택(沼澤)에 자생하는 벼과의 식물. 고(菰)라고도 하는데
그 씨는 먹을 수 있다. ◆漂母(표모) : 빨래하는 여인. 한신(韓信)이 회음
(淮陰)에 살던 시절, 매우 빈궁하였다. 하루는 강에서 낚시질을 하고 있는
데, 곁에서 빨래하던 여인이 그 배고픔을 살피고 밥을 주었다. 한신은 뒤에
제(齊)나라 왕이 되자, 그 표모를 찾았다. 그 여인은 이미 작고한 뒤였으므
로, 그 무덤을 자기 모친의 분묘 곁으로 옮겨 은혜에 보답했다.

해설

제왕과 술을 마시고, 귀족 명사들과 호화롭게 놀았던 그 이백이, 가난한 어느 집에서 자며 거기서 얻어먹은 고미반(菰米飯)을 이렇게나 고맙게 알았다는 것은 특기할 만한 일이다. 원제는 「숙오송산하순온가(宿五松山下荀媼家)」. 오송산 아래 순씨 할미의 집에서 잤다는 뜻.

어린 두 자식에게

남쪽이라 이곳에는
뽕잎 푸르고
벌써 누에도
석잠 잤는데
아득한 노(魯)나라 땅
우리 집에선
그 누구 귀음(龜陰)의 밭
씨를 뿌리랴.
이미 봄농사
때를 놓치니
강길 가면서
마음 답답하기만.

갑자기 남풍이
내 마음 불어
고향 주루(酒樓) 앞에
떨궈 놓으니

그 주루 동편의
복숭아나무
가지와 잎사귀
무성도 했네.
이 나무는
내가 심었던 그것,
떠난 지도 어느덧
3년이구나.

복숭아나무
주루의 키가 되도록
아 집을 찾아
못 돌아간 이 몸!
어여쁜 우리 딸
그 자(字)는 평양(平陽)
꽃 꺾으며 그 나무
곁에 서 있네.
꽃 꺾어도 이 아비
아니 보이기
샘물처럼 흐르는
그 볼의 눈물.

그리고 어린 아들
이름은 백금(白禽)
제 누이와
이제는 키가 같구나.
둘이서 나무 밑을
아장대건만
누가 있어 그 등을
쓰다듬으랴.

이런 것 생각하면
가슴 찢어지고
간장은 근심으로
불을 지르네.
흰 비단 찢고
이 뜻을 적어
문양천(汶陽川) 물에
띄워 보내리.

寄東魯二稚子
기 동 로 이 치 자

吳地桑葉綠　吳蠶已三眠　我家寄東魯　誰種龜陰田
오 지 상 엽 록　오 잠 이 삼 면　아 가 기 동 로　수 종 귀 음 전

春事已不及　江行復茫然　南風吹歸心　飛墮酒樓前
춘 사 이 불 급　강 행 부 망 연　남 풍 취 귀 심　비 타 주 루 전

樓東一株桃　枝葉拂靑煙　此樹我所種　別來向三年
누 동 일 주 도　지 엽 불 청 연　차 수 아 소 종　별 래 향 삼 년

桃今與樓齊　我行尙未旋　嬌女字平陽　折花倚桃邊
도 금 여 루 제　아 행 상 미 선　교 녀 자 평 양　절 화 의 도 변

折花不見我　淚下如流泉　小兒名伯禽　與姉亦齊肩
절 화 불 견 아　누 하 여 류 천　소 아 명 백 금　여 자 역 제 견

雙行桃樹下　撫背復誰憐　念此失次第　肝腸日憂煎
쌍 행 도 수 하　무 배 부 수 련　염 차 실 차 제　간 장 일 우 전

裂素寫遠意　因之汶陽川
열 소 사 원 의　인 지 문 양 천

주

◆吳(오) : 지금의 강소성(江蘇省).　◆東魯(동로) : 지금의 산동성(山東省). 이백은 장안(長安)에 나타나기 이전, 산동의 임성(任城)에서 산 적이 있다. ◆龜陰(귀음) : 귀산(龜山)의 북쪽. 여기서는 널리 노(魯)를 가리킨 것.　◆江 行(강행) : 강의 여행.　◆酒樓(주루) : 술집.　◆素(소) : 흰 비단.　◆遠意(원 의) : 멀리 있는 심정.　◆汶陽川(문양천) : 산동성을 흐르는 물 이름.　◆因 (인) : 맡기는 것.

해설

이백은 충실한 가장은 아니었다. 그는 대부분 가정을 떠나서 살았으며, 가족보다는 친구와 시와 술이 소중했는지도 모른다. 그러나 남달리 정이 풍부했던 그이고 보매, 때로는 혈연을 그리워하여 애를 끊기도 했으리라. 이 시는 임성에 두고 온 어린 자식들을 그리워한 작품인 바, 그 지정이 사람을 울린다. 남풍이 자기 마음을 고향 술집 앞에 불어다 떨구었다 전제하고, 어린 남매가 노는 모양을 눈으로 모는 듯 묘사한 대목 같은 것은, 환상이 유달리 풍성했던 이백다운 수법이라 하겠다. 원제는 「기동로이치자(寄東魯二稚子)」. 동로에 있는 두 어린 자식에게 보낸 시라는 것.

동정호(洞庭湖)에서 1

동정호의 서녘
아득한 저기서는 초강(楚江) 나뉘고

남쪽 하늘 물이 다하는 곳
아 한 점의 구름도 없어…….

해 지니 장사(長沙)까지
가을빛 번지는데

어디메서 상군(湘君) 만나
위로의 말 드려얄지?

陪族叔刑部侍郎曄及中書賈舍人至遊洞庭　一
배 족 숙 형 부 시 랑 엽 급 중 서 가 사 인 지 유 동 정　일

洞庭西望楚江分　水盡南天不見雲　日落長沙秋色遠　不知何處弔湘君
동정서망초강분　수진남천불견운　일락장사추색원　부지하처조상군

주

◆楚江(초강) : 양자강(揚子江)을 동정호 북쪽에서는 초강이라고도 부른다.
◆分(분) : 본류와 지류가 갈리는 곳. ◆長沙(장사) : 동정호 북쪽에 있는
도시. ◆湘君(상군) : 상강(湘江)의 수신(水神)인 아황(娥皇)과 여영(女英).
그녀들은 요(堯)의 딸로 태어나 순(舜)에게 시집갔는데, 순이 순행중 창오
(蒼梧)에서 죽자, 두 여인은 달려가 상수(湘水)에 빠져서 죽었고, 드디어 그
신이 되었다는 것. 엄밀히 말하면, 아황은 상군(湘君), 여영은 상부인(湘婦
人)이라 일컫는다.

해설

원제는 「배족숙형부시랑엽급중서가사인지유동정(陪族叔刑部侍郞曄及中書賈
舍人至遊洞庭)」. 아저씨 뻘 되는 친척인 형부시랑(刑部侍郞) 이엽(李曄)과,
중서사인(中書舍人) 가지(賈至)를 따라 동정호에 논다는 뜻.

　이때 이백은 영왕(永王) 사건에 걸려 고생하다가 석방된 뒤였을 것으
로 보이며, 이 두 사람과 남방에서 만나 같이 동정호에 배를 띄운 듯하
다. 특히 가지는 시인으로서도 저명한 사람이어서, 이때에 쓴 시 1편이
전한다. 그러나 이백의 것에 비기면 아무래도 손색이 있다.

동정호에서 2

남호(南湖)의 가을 물에
안개도 없는 밤은

차라리 이 물 따라
저 하늘 올랐으면!

우선 동정호의
달빛을 빌려

배 저어 저 구름께
술이나 사러 갈까.

陪族叔刑部侍郎曄及中書賈舍人至遊洞庭 二
배 족 숙 형 부 시 랑 엽 급 중 서 가 사 인 지 유 동 정 　이

南湖秋水夜無煙 耐可乘流直上天 且就洞庭賒月色 將船買酒白雲邊
남 호 추 수 야 무 연 　내 가 승 류 직 상 천 　차 취 동 정 사 월 색 　장 선 매 주 백 운 변

◆南湖(남호) : 동정호를 가리키는 듯.　◆耐可(내가) : 차라리. 당시의 속
어.　◆賒(사) : 세냄. 돈을 빌려서 물건을 삼.

해설

두보(杜甫)가 각고의 시인인 데 대해 이백은 천성의 시인이어서, 일기가성
(一氣呵成)으로 물 흐르듯 가구(佳句)를 쏟아 놓곤 하였다.「청평조사(淸平調
詞)」같은 것은 그 좋은 예거니와, 여기서는 친구들과 동정호에 배를 띄우
자, 그의 시심은 저절로 부풀어 올랐던 모양이다. 그 1에서 상군(湘君)을 테
마로 명작을 휘갈긴 그는, 여기에서 다시 국면을 바꾸어 상상의 날개를 마
음껏 폈다.

동정호에서 3

상수(湘水)에 귀양 온
낙양(洛陽)의 재사(才士)

원례(元禮)와 한 배 타니
달 아래 신선일레.

장안(長安)에서의 일
생각나 웃고자 해도

모르괘라, 그 어디가
서녘 하늘인지?

陪族叔刑部侍郎曄及中書賈舍人至遊洞庭 三
배 족 숙 형 부 시 랑 엽 급 중 서 가 사 인 지 유 동 정 삼

洛陽才子謫湘川 元禮同舟月下仙 記得長安還欲笑 不知何處是西天
낙 양 재 자 적 상 천 원 례 동 주 월 하 선 기 득 장 안 환 욕 소 부 지 하 처 시 서 천

주

◆洛陽才子(낙양재자) : 한(漢)의 가의(賈誼)를 가리킨다. 그는 소년 시절에 이미 문명을 떨쳐서 문제(文帝)에 의해 발탁되었으나, 대신들의 질시를 사서 장사왕(長沙王)의 태부(太傅)로 귀양가, 거기서 요사(夭死)했다. ◆謫(적) : 귀양가는 것. 단, 우리 나라에서는 귀양간다는 것은 삭탈관작(削奪官爵)해서 먼 곳으로 보내 연금하는 뜻이지만, 중국서는 좌천당해 지방으로 가는 것도 적(謫)이라 했다. ◆湘川(상천) : 상강(湘江). 운(韻) 관계로 상천이라 했다. 남방으로부터 동정호로 들어오는 강. ◆元禮同舟(원례동주) : 후한(後漢)의 이응(李膺)의 고사. 그는 자(字)를 원례(元禮)라 했는데, 하남(河南)에 가서 벼슬할 때, 곽태(郭泰)라는 명사와 친교를 맺었다. 한번은 곽태가 고향으로 돌아가게 되어, 많은 인사들이 강변까지 나와 전송하였는데, 마차만도 수천이나 모였다고 한다. 곽태는 배웅을 받으며, 오직 이응 한 사람과 같이 배를 타고 강을 건넜는데, 사람들이 바라보니 신선 같았다고 한다. 『후한서(後漢書)』에 보이는 일화. ◆欲笑(욕소) : 장안에서 살아본 사람은, 그것을 회상만 해도 웃음이 떠오른다는 말이 환담(桓譚)의 『신론(新論)』에 있다.

해설

가지(賈至)는 이때 강등되어 남방에 와 있었으니 가의와 처지가 같았고, 그도 낙양 출신인데다가 성까지 가씨여서 '낙양재자(洛陽才子)'라는 말을 쓰기에 더없이 어울렸다. 또 이엽(李曄)을 이응(李膺)에 비긴 것도, 그들이 동성인데다가 다 좌천당한 경험이 있는 점에서 들어맞는 비유였었다. 술에 취하여 여러 편의 시를 휘갈기면서도, 그 세심하고 주도한 인용에는 놀랄 수밖에 없다.

동정호에서 4

동정호 서쪽 하늘
가을달 휘황한 밤

소상강(瀟湘江) 저 북녘엔
어느덧 기러기 울음!

취했거니 배에서는
노래가 일고

촉촉이 옷 젖는 줄도
까맣게 몰라…….

陪族叔刑部侍郎曄及中書賈舍人至遊洞庭 四
배 족 숙 형 부 시 랑 엽 급 중 서 가 사 인 지 유 동 정　사

洞定湖西秋月輝 瀟湘江北早鴻飛 醉客滿船歌白苧 不知霜露入秋衣
동 정 호 서 추 월 휘　소 상 강 북 조 홍 비　취 객 만 선 가 백 저　부 지 상 로 입 추 의

◆瀟湘(소상) : 소강(瀟江)과 상강(湘江). 소강은 상강의 지류니, 호남성(湖南省) 남부를 흘러 동정호에 들어간다. ◆早鴻(조홍) : 철이 이른 기러기. 홍(鴻)은 안(雁)보다 큰 종류의 기러기. ◆白苧(백저) : 오(吳)의 민요. 이백에게도 이것을 제목으로 한 악부(樂府)가 있다.

해설

소상강(瀟湘江) 근처는 남방이므로, 기러기가 가을이 되면 북에서 날아와 겨울을 나고, 봄이 되면 북으로 간다. 이 지방인 형양(衡陽)에는 회안봉(回雁峰)이라는 산이 있는데, 기러기가 여기까지 왔다간 되돌아간다 해서 그 이름이 붙었다고 한다. 달이 밝고 기러기 나는 동정호의 밤, 취하여 배에서 노래하는 이백 일행의 모습이 눈에 보이는 듯하다.

'모르괘라……'의 뜻인 '부지(不知)'를 5수 중 세 편의 결구 첫머리에 쓰고 있는데, 시를 의문으로 끝냄으로써 여운을 일게 하는 수법을 볼 것이다.

동정호에서 5

소상(瀟湘) 간 공주는
안 돌아오고

가을 풀만 동정호에
남아 시들어…….

호숫물 단장하니
옥거울 그 속

단청(丹青)으로 그려진 것
군산(君山)이로세.

陪族叔刑部侍郞曄及中書賈舍人至遊洞庭 五
배 족 숙 형 부 시 랑 엽 급 중 서 가 사 인 지 유 동 정   오

帝子瀟湘去不還 空餘秋草洞庭間 淡掃明湖開玉鏡 丹青畫出是君山
제 자 소 상 거 불 환   공 여 추 초 동 정 간   담 소 명 호 개 옥 경   단 청 화 출 시 군 산

주

◆帝子(제자) : 요(堯)의 두 황녀(皇女)인 아황(娥皇)과 여영(女英). 본시(本詩) 1 참조. ◆淡掃(담소) : 엷게 화장함. ◆丹靑(단청) : 그림물감. ◆君山(군산) : 악양(岳陽)의 서쪽, 동정호 가운데에 있는 산.

해설

이백이 절구(絶句)에서 독보하는 것은, 그가 천성의 시인이어서 조탁(彫琢)을 거치지 않고, 아주 자연스럽게 명구(名句)를 토하는 까닭이다. 이 시와 '1'은 5편 중에서도 특출한 작품이어서, 그저 고개가 숙어질 따름이다. '1'이 여운뇨뇨(餘韻嫋嫋)한 정서에서 뛰어났다면, 이 '5'는 자연을 묘사하는 그 기교에서, 더할 수 없이 성공을 거두고 있는 듯이 보인다. 특히 그 전(轉)·결(結)을 보라. 동정호를 미인에 비겨 단장한다 하고, 이를 다시 옥거울 같다고 한 다음, 그 거울에 그려진 그림이 군산이라고 했다. 얼마나 아름다운 솜씨냐.

선성(宣城)

성은 그대로
한 폭의 그림인데

산중의 연보라
새벽 하늘 빛.

거울 박아 놓은 듯
맑은 두 내에

칠색의 무지갠 양
다리가 걸려…….

아침 연기 오르는 마을
귤은 익고

오동 거의 졌으니
이미 늦가을인가.

다락에 오르면
바람마저 차거니

가슴에 스며 오는
옛 사람 향기

秋登宣城謝眺北樓
추 등 선 성 사 조 북 루

江城如畫裏　山曉望晴空　兩水夾明鏡　雙橋落彩虹
강 성 여 화 리　산 효 망 청 공　양 수 협 명 경　쌍 교 낙 채 홍

人煙寒橘柚　秋色老梧桐　誰念北樓上　臨風懷謝公
인 연 한 귤 유　추 색 노 오 동　수 념 북 루 상　임 풍 회 사 공

주

◆江城(강성) : 강변의 성. 선성(宣城)을 말함. ◆ 兩水(양수) : 선성을 에워
싸고 흐르는 완계(宛溪)·구계(句溪). ◆雙橋(쌍교) : 봉황교(鳳凰橋)와 제천
교(濟川橋). ◆彩虹(채홍) : 아름다운 무지개. 다리의 형용. ◆橘柚(귤유) :
귤과 유자. ◆謝公(사공) : 사조(謝眺).

해설

원제는 「추등선성사조북루(秋登宣城謝朓北樓)」. 가을날 선성(宣城)에 있는 사조(謝朓)의 북루(北樓)에 오르다는 뜻. 처음 4구는 선성의 풍경의 그림 같음을 말하고, 뒤의 4구는 가을빛 짙은 북루에 올라 멀리 옛날의 사조를 생각함을 나타낸 것이다.

사조는 이백이 가장 존경하던 남제(南齊)의 시인으로 선성내사(宣城內史)가 되어 북루를 세웠다. 조공루(眺公樓)라고도 불리는 까닭이 여기에 있다. 이백은 여러 번 선성을 내왕했으므로, 제작 연대는 잡을 수 없으나, 경애하는 시인이 살던 가려(佳麗)한 풍경은 꽤 마음에 들었던 모양으로, 죽으면 이곳 청산(靑山 : 산 이름)에 묻히겠다고 늘 말하였다. 그가 당도(當塗)에서 죽자 일단 채석(采石)의 용산(龍山) 동쪽 기슭에 장사지냈으나, 고인의 뜻을 생각하여 다시 선성 청산의 남쪽에 이장하니, 헌종(憲宗)의 원화(元和) 2년, 그가 죽은 지 55년 만이었다.

5
이별의 안팎

황학루(黃鶴樓)에서

나를
황학루에 남기고

— 안개 낀 3월

친구는 배에 올라
양주(揚州)로 떠나고.

이윽고 돛배마저
시야에서 사라져

뵈는 것, 아득히 하늘에 닿은
장강(長江) 물뿐이어라.

黃鶴樓送孟浩然之廣陵
황 학 루 송 맹 호 연 지 광 릉

故人西辭黃鶴樓 煙花三月下揚州 孤帆遠影碧空盡 惟見長江天際流
고 인 서 사 황 학 루 연 화 삼 월 하 양 주 고 범 원 영 벽 공 진 유 견 장 강 천 제 류

주

◆故人(고인) : 오래 사귄 친구. ◆黃鶴樓(황학루) : 호북성(湖北省) 무창(武昌)에 있는 다락이니, 양자강(揚子江)에 임하여 조망이 좋음. ◆煙花(연화) : 안개와 꽃. ◆揚州(양주) : 강소성(江蘇省)에 있는 지명. ◆天際(천제) : 하늘 끝. 하늘과 땅이 맞닿은 곳.

해설

원제는 「황학루송맹호연지광릉(黃鶴樓送孟浩然之廣陵)」. 황학루에서 맹호연(孟浩然)이 광릉(廣陵)으로 가는 것을 전송해서 쓴 시.

시인 맹호연과는 꽤 친교가 있는 것 같다. 이 시는 눈에 보이는 풍경을 말했을 뿐, 한 자도 이별의 정을 건드리지 않았건만, 정서가 도리어 문자 밖에 출렁임은, 경(景) 속에 정이 함축되어 있는 까닭이다. 더욱 외로운 돛대가 먼 하늘 끝에 사라졌음이 어찌 단순한 풍경이며, 홀로 남아 굽어보는 장강(長江)이, 작자의 무궁한 정과 무연(無緣)한 것이겠는가.

강릉(江陵)으로 가는 길

채운(彩雲) 낀
백제성(白帝城)

아침에
떠나서

천리 길
강릉을

하루에
오다니—.

잔나비
휘파람

끝나지
않은 새

돛배는
가벼워

만겹 산(山)
지났네.

早發白帝城
조 발 백 제 성
朝辭白帝彩雲間 千里江陵一日還 兩岸猿聲啼不盡 輕舟已過萬重山
조 사 백 제 채 운 간 천 리 강 릉 일 일 환 양 안 원 성 제 부 진 경 주 이 과 만 중 산

주

◆白帝(백제) : 백제성(白帝城). ◆千里(천리) : 백제성에서 강릉에 가는 물길은 급류이기 때문에 대단히 빠르게 갈 수 있다. ◆不盡(부진) : '부주(不住)'라고 된 책도 있다. 의미는 큰 차가 없다.

해설

급류를 타고 가는 뱃길이라 천리나 되는 데를 하루에 갈 수 있었으니, 그 배의 빠름은 원숭이 우는 소리가 끝나기도 전에 만 겹의 산을 지나가 버리는 정도였다는 것. 그러나 이 시의 묘미는 그런 내용에 있는 것

이 아니라 그 수사(修辭)에 있다. 기구(起句)만이라도 좋으니 소리 내어 읽어 보라. 거기서 오는 환하고 미끈한 정서는 전적으로 하나하나의 말이 가지는 형태와 빛깔과 무게와 의미와 배경과, 이런 말들이 겹쳐져 빚어내는 더 복잡 미묘한 그런 여러 가지 요소에서 오는 것이니, 우리는 시란 궁극에 가서 언어의 문제일 뿐이며, 생각이 있어서 이것을 언어로 나타낼 때에 시가 되는 것이 아니라, 언어를 발굴하고 개척하는 곳에 새로운 정서— 시가 탄생하는 것이라고 믿어도 좋겠다.

심덕잠(沈德潛)이, 평하기를, "순식간에 천리의 일을 그려 내어, 마치 신의 도움이 있은 것 같다" 하고, 간야도명(簡夜道明)은 평하여 "이는 전결(轉結)의 2구로써 기승(起承)의 2구를 설명하는 법이니, 기승에서 '백(白)'이라 하고 '채(彩)'라 하며, '천(千)'이라 하고 '일(一)'이라 함에서 그 수사의 교묘함을 볼 것이라" 하였다.

피리 소리

누가
부는가

낙양(洛陽)의
봄밤을

바람 타고
번지는

이별의
절양류(折楊柳).

저 피리
설우니

내 고장
그리워

애 아니
끊으랴

들려 오는
절양류.

春夜洛城聞笛
춘 야 낙 성 문 적
誰家玉笛暗飛聲 散入春風滿洛城 此夜曲中聞折柳 何人不起故園情
수 가 옥 적 암 비 성 산 입 춘 풍 만 낙 성 차 야 곡 중 문 절 류 하 인 불 기 고 원 정

주

◆ 洛城(낙성) : 낙양(洛陽). 장안(長安)과 비견되는 정치·문화의 중심지.
◆ 暗(암) : 어디선지. 피리 소리는 들리나 보이진 않으니까. ◆ 折柳(절
류) : 이별의 피리 곡조인 '절양류(折楊柳)'.

해설

원제는 「춘야낙성문적(春夜洛城聞笛)」. '봄밤, 낙양에서 피리 소리를 듣
고'라는 뜻.

이백이여…… 나는 이 밤
당신이 부는 피리를 듣습니다.
천이백 년의 시간을 뚫고
울려 퍼지는 그 가락은 나의 가슴을 뒤흔듭니다.

나도 피리를 불어 보았습니다.
그러나, 드디어 깨달아야 했습니다.
당신이 부는 피리 소리는 당신이 부는 것이 아니라
피리 스스로 울리는 것임을.
스승이여. 어떻게 하면
피리에 손대지 않고 피리 스스로 울게 할 수 있습니까.
달빛처럼 산해관(山海關)을 넘고 압록강(鴨綠江)을 건너올 수 있습니까.

원정(園丁)이 꽃을 위해 풀을 뽑아 주는 것같이
내가 할 일은 당신의 소리가 보다 잘 들리도록 돕는 일입니다.
그래서, 대문의 빗장을 벗기고
창문을 열어 젖힙니다. 이백이여!

두보(杜甫)에게

나는 왜
여기 왔던가.

공연히 사구성(沙丘城)에
누워 지내네.

성(城) 가의 고목(古木)에선
낮과 밤으로

들려오는 가을 소리,
아 가을 소리!

노주(魯酒)로야 어디
취하기나 하나?

제가(齊歌)는 허전키만
허전케 하네.

그대를 그리는 정
문수(汶水) 같거니

남쪽으로 가는 물에
이 글 부치네.

沙丘城下寄杜甫
사 구 성 하 기 두 보

我來竟何事 高臥沙丘城 城邊有古樹 日夕連秋聲
아 래 경 하 사　고 와 사 구 성　성 변 유 고 수　일 석 연 추 성

魯酒不可醉 齊歌空復情 思君若汶水 浩蕩寄南征
노 주 불 가 취　제 가 공 부 정　사 군 약 문 수　호 탕 기 남 정

주

◆沙丘(사구) : 산동성(山東省) 서단(西端)의 가까운 곳에 있던 지명. ◆魯
酒(노주) : 노의 술. 맛이 박했다. ◆齊歌(제가) : 노(魯)・제(齊)가 다 지금
의 산동성에 있었다. ◆浩蕩(호탕) : 넓고 큰 물이 출렁이는 모양. ◆南征
(남정) : 남쪽으로 감.

해설

원제는 「사구성하기두보(沙丘城下寄杜甫)」. 두보(杜甫)란 이백과 병칭(竝稱)되는 두자미(杜子微) 그 사람인 바, 이백보다 12세 연소자였다. 두 사람 사이에 교우가 있었음은 그들의 작품에서 증명되는데, 두보의 이백에 대한 우정이 찬탄에 가까운 데 대해, 두보를 대하는 이백의 감정은 그리 대단한 것이었다고는 보이지 않는다. 혹은 「춘일억이백(春日憶李白)」에서 두보가 '청신유개부 준일포참군(清新庾開府 俊逸鮑參軍)'이라 한 것은, 이백의 시를 기껏 유신(庾信)·포조(鮑照) 정도로 본 것이라는 이도 있다. 그러나 오늘의 우리 안목에 이두(李杜)와 유신·포조에 격차가 있어 보이는 그 정도로, 당시의 이두가 이 선배들을 얕볼 수는 없었을 것이매, 좋은 뜻에서 비유한 것이라고 보아야 할 것이다. 그렇지 않다면, 같은 두보가 「기이십이백이십운(寄李十二白二十韻)」에서 '필락경풍우 시성읍귀신(筆落驚風雨 詩成泣鬼神)'이라 하여 극한적인 찬사를 아끼지 않은 것을 어떻게 보아야 하겠는가. 이 시에서도 이백은 어느 친구에게나 줄 수 있는 정을 토로하고 있을 뿐이다.

하지장(賀知章)을 생각하고 1

사명산(四明山) 거기
기인(奇人) 있으니

풍류로 이름 높은
아, 하계진(賀季眞)!

그때 장안(長安)에서
서로 만나자

대번에 적선(謫仙)이라
나를 불렀지.

예전에 그토록
좋아하던 술

이제는 소나무 밑
한 줌 티끌인가.

금귀(金龜)를 선뜻 끌러

술과 바꾸던 일

생각하면 눈물에

손수건 젖네.

對酒憶賀監 一
대 주 억 하 감 일

四明有狂客 風流賀季眞 長安一相見 呼我謫仙人
사 명 유 광 객 풍 류 하 계 진 장 안 일 상 견 호 아 적 선 인

昔好杯中物 今爲松下塵 金龜換酒處 却憶淚沾巾
석 호 배 중 물 금 위 송 하 진 금 귀 환 주 처 각 억 누 첨 건

주

◆四明(사명) : 산 이름. 하지장(賀知章)의 고향에 있던 산. ◆賀季眞(하계
진) : 하지장. 현종(玄宗) 때의 명사로 자(字)를 계진이라 하고, 벼슬이 비서
감(秘書監)에 이르렀다. 특히 이백과 친했다. ◆謫仙人(적선인) : 한늘에서
귀양온 신선. ◆杯中物(배중물) : 술. 도연명(陶淵明)의 「책자(責子)」에 보이
는 말. ◆金龜(금귀) : 거북처럼 금으로 만든 패물(佩物). ◆巾(건) : 손수건.

해설

원제는 「대주억하감(對酒憶賀監)」. 술을 대하여 하감(賀監)을 생각함. 하감은 하지장이 비서감이었기에 하는 말. 이백이 처음으로 장안에 나타났을 때, 하지장은 그 작품을 읽고 감탄한 나머지 허리에 차고 있던 금귀(金龜)를 끌러서 술을 샀으며, 이백을 적선(謫仙)이라 불렀다. 후일 하지장이 벼슬을 그만 두고 고향에 돌아가 있다가 죽자, 이백은 어느 날 술을 마시면서 그에 대한 추억에 사로잡혀 이 시를 쓴 것이다. 아주 자연스럽게 지정(至情)이 유로(流露)된 작품이다.

하지장을 생각하고 2

기인(奇人)이 사명(四明)으로
돌아갔을 때

산음(山陰)의 도사가
마중 나오고

위로부터 경호(鏡湖)를
내리셨기에

누대(樓臺)와 소택(沼澤)도
은혜 입었네.

이제 사람은 가
집만이 남고

봄이라 공연히
연꽃만 벌어…….

생각하면 아득한
꿈만 같아서

내 마음은 갈피를
잡지 못하네.

對酒憶賀監 二
대 주 억 하 감 이

狂客歸四明　山陰道士迎　敕賜鏡湖水　爲君臺沼榮
광 객 귀 사 명　산 음 도 사 영　칙 사 경 호 수　위 군 대 소 영

人亡餘故宅　空有荷花生　念此杳如夢　凄然傷我情
인 망 여 고 택　공 유 하 화 생　염 차 묘 여 몽　처 연 상 아 정

주

◆山陰道士(산음도사) : 산음(山陰)은 지금의 절강성(浙江省) 소흥현(紹興縣)에 해당하는대, 예전 여기에 살던 한 도사는 왕희지(王羲之)의 글씨가 탐이 났으나 입수하기 어려웠으므로, 왕희지가 좋아한다는 거위를 보내 환심을 사서 황정경(黃庭經)을 쓰게 했다. 여기서는 산음으로 돌아가는 하지장(賀知章)을 왕희지에 비긴 것이다. ◆鏡湖(경호) : 산음에 있는 호수. 하지장이 연로를 이유로 해 귀향할 뜻을 밝히자, 현종(玄宗)은 경호·섬천(剡川)의 땅을 하사하였다. ◆臺沼(대소) : 누대와 소택. ◆荷花(하화) : 연꽃. ◆杳(묘) : 아득함. ◆凄然(처연) : 쓸쓸한 모양. 처량한 모양.

해설

이백의 특징은, 그 시가 아주 자연스러운 데에 있다. 일부러 만든 것 같은 기교의 흔적이 안 보이고, 저절로 그런 구가 생겨났고, 또 그렇게 밖에는 노래할 수 없는 듯 느껴져 온다. 조탁(彫琢)의 미도 나쁘지는 않겠으나, 이 자연스러움 앞에는 못 미치는 것 같다.

이별

청산은 북쪽 마을
가로놓이고

맑은 물 흘러
동편 성(城)을 도는데

여기서
한번 나뉘면

나그네의 만리 길
지향도 없으렷다.

떠가는 저 구름은
그대의 마음인가.

지는 이 해는
보내는 내 정일레.

손을 휘저어
드디어 떠나는가.

쓸쓸하여라.
말 우는 저 소리도.

送友人
송우인

青山橫北郭　白水遶東城　此地一爲別　孤蓬萬里征
청산횡북곽　백수요동성　차지일위별　고봉만리정

浮雲遊子意　落日故人情　揮手自玆去　蕭蕭班馬鳴
부운유자의　낙일고인정　휘수자자거　소소반마명

주

◆北郭(북곽) : 북쪽 성밖. '郭(곽)'은 외성(外城). ◆蓬(봉) : 다북쑥. 바람에 날리는 까닭에 나그네에 비함. ◆征(정) : 간다. ◆遊子(유자) : 나그네. ◆故人(고인) : 오랜 친구. ◆蕭蕭(소소) : 고요하고 쓸쓸한 모양. ◆班馬(반마) : 헤어지는 이가 탄 말. 『주역(周易)』에 '승마반여(乘馬班如)'라는 말이 나온다.

172

해설

1·2에서 대구를 썼기에 3·4에서는 쓰지 않았다. 처음의 청산(靑山)과 백수(白水)는 빛깔의 대조도 대조지만, 산은 움직이지 않고 물은 흘러가는 것이므로, 보내는 이와 가는 사람의 정서를 이에서 느끼게 되니, 아무렇게나 묘사한 자연의 풍경이 아님을 알 것이요, 3·4구에서 헤어지는 한번의 '일(一)'과 떠나는 만리 길의 '만(萬)'에 얼마나 애끊는 정조(情調)가 서리어 있는 것이랴. 다시 구름으로 나그네를 비유하고, 낙일(落日)로 보내는 이의 심정을 드러내니, 목견(目見)하는 실경(實景)이자 심리의 상징이므로 애절함이 더욱 가슴에 오며, 말울음으로 결(結)을 삼았기에 그 슬픈 소리는, 사람의 그림자가 시야에서 사라진 다음에까지 작자의 귀에 들렸음을 짐작하게 하여, 여운이 끊이지 않는다.

구름 있는 이별

어느 산인들
흰 구름 없으랴.
그대 가는 곳
흰 구름 따르리.
길이 따르리.
그대 초산(楚山)에 들어가면
구름도
상수(湘水)를 건너 따라가리.
상수 가에
석송으로 옷 지어 입고
구름 속에 누우면 좋으리.
어서 가보게.

白雲歌送劉十六歸山
백 운 가 송 유 십 륙 귀 산

楚山秦山皆白雲　白雲處處長隨君　長隨君　君入楚山裏
초 산 진 산 개 백 운　백 운 처 처 장 수 군　장 수 군　군 입 초 산 리

雲亦隨君渡湘水　湘水上　女蘿衣　白雲堪臥君早歸
운 역 수 군 도 상 수　상 수 상　여 라 의　백 운 감 와 군 조 귀

주

◆楚山(초산) : 동정호 부근에 있는 산. ◆秦山(진산) : 장안(長安) 근방에 있
는 산. ◆湘水(상수) : 호남성(湖南省)을 흘러 동정호로 들어가는 강. ◆女蘿
(여라) : 석송. 이것으로 옷을 해 입는다는 말이 『초사(楚辭)』에 보인다.

해설

이백은 우인(友人)과 이별하면서, 자기 대리로 구름을 따라 보낸다. 자
질구레한 한숨이나 눈물이 아닌, 그것은 얼마나 미끈하고 멋진 이별이
냐. 그러면서도 친구를 생각하는 마음이 향기 되어 풍긴다.

　원제는 「백운가송유십륙귀산(白雲歌送劉十六歸山)」. 흰 구름의 노래로
유십륙(劉十六)의 산으로 돌아감을 전송한다는 뜻. '십륙'이라 함은 배항
(排行). 대가족 제도에서 종형제끼리의 순번.

물에 물어 보라

버들꽃 바람에 날려
향기로운 주막집.

술을 따르는 건
남국의 미녀.

금릉(金陵) 젊은이들의
정을 어쩌지 못해

차마 못 떠나고
다시 잔 기울이노니

물어 보라, 동으로
흐르는 물에

이별의 이 슬픔과
어느 것이 기냐고.

金陵酒肆留別
금릉 주사 유별

風吹柳花滿店香　吳姬壓酒喚客嘗　金陵子弟來相送
풍 취 유 화 만 점 향　오 희 압 주 환 객 상　금 릉 자 제 내 상 송

欲行不行各盡觴　請君試問東流水　別意與之誰短長
욕 행 불 행 각 진 상　청 군 시 문 동 류 수　별 의 여 지 수 단 장

주

◆店(점) : 술집. ◆吳姬(오희) : 오(吳)의 여자. 오는 지금의 강소성(江蘇省) 일대. ◆壓酒(압주) : 술을 거르는 것. ◆喚客嘗(환객상) : 손님을 불러 맛보게 함. ◆金陵(금릉) : 지금의 남경(南京). ◆子弟(자제) : 청년. ◆盡觴(진상) : 잔을 기울여 다 마심. ◆與之(여지) : 이것과.

해설

이백은 장안에서 추방된 후, 대부분의 시일을 남방을 방랑하면서 보냈다. 시명(詩名)이 천하에 떨쳐 있어서 가는 곳마다 극진한 접대를 받았고, 호방한 그는 각처의 협객(俠客 : 의기 있는 주먹)들과 통해서 그 도움도 컸었던 모양이다.

　이백이 금릉에 발을 들여놓은 것은 추방의 몸이 된 지 그럭저럭 한 10년이 되는 천보(天寶) 13년, 안록산(安祿山)의 난이 일어나기 2년 전의 일로 추측된다. 지금의 남경인 금릉은, 양자강(揚子江)에 임하여, 풍광(風光)이 가려(佳麗)한 육조(六朝)의 고도(古都)다. 유적을 찾아 회고(懷古)의 정에도 잠겼으려니와, 그의 주위에 모여드는 팬들에게 끌려 다니

며 술도 어지간히 마셨으리라.

떠나면서 섭섭한 정을 금릉에 남기고 간 이 시는, 그 음악적인 언어 구사로 말할 수 없는 쾌감을 독자에게 준다. 그런 것을 구조가 다른 우리 언어로 옮길 수는 없는 것이니, 부디 원시(原詩)를 소리 내어 읽어 주기 바란다. 또 마지막 2행에서, 이별의 정의 길이를 물줄기에 비교한 것은 얼마나 함축 있는 표현인가.

촉(蜀)으로 가는 친구에게

잠총(蠶叢)이 열었다는
촉나라 길은

험하기도 험하거니
어이 가시리?

얼굴에서 갑자기
산이 치솟고

말머리에 생겨나는
때아닌 구름.

꽃나무 우거진
잔도(棧道) 지나면

봄물이야 촉나라 성
에워 흐르리.

부침(浮沈)은 각기 지고
태어나는 것

굳이 군평(君平)에게
물을 것은 없을라!

送友人入蜀
송 우 인 입 촉

見說蠶叢路 崎嶇不易行 山從人面起 雲傍馬頭生
견 설 잠 총 로　기 구 불 이 행　산 종 인 면 기　운 방 마 두 생

芳樹籠秦棧 春流遶蜀城 升沈應已定 不必問君平
방 수 농 진 잔　춘 류 요 촉 성　승 침 응 이 정　불 필 문 군 평

주

◆見說(견설) : 듣자니.　◆蠶叢(잠총) : 옛날 촉(蜀)을 처음으로 개척했다는 전설적인 제왕.　◆秦棧(진잔) : 진(秦 : 長安 일대)에서 촉으로 가는 사이에 있는 잔도(棧道). 잔도는 절벽 사이에 나무를 걸쳐서 만든 길.　◆蜀城(촉성) : 촉의 서울인 성도(成都).　◆升沈(승침) : 오르고 잠기는 것. 영고성쇠(榮枯盛衰).　◆君平(군평) : 한(漢)의 엄준(嚴遵)이니, 자(字)가 군평. 성도에 살던 은사(隱士). 그는 점을 쳐서 하루 먹을 것을 벌면, 곧 문을 닫아 버렸다.

해설

원제는 「송우인입촉(送友人入蜀)」. 친구가 촉으로 가는 것을 보낸다는
뜻. 촉으로 가는 길은 험난하기로 이름이 높다. 절벽이 끝없이 계속되
고, 거기에는 기는 짐승도 발을 붙일 수 없으므로, 바위를 쫓고 나무를
걸쳐 길을 만들었으니, 이것을 잔도라 한다. '산이 사람의 얼굴에서 일
어나고, 구름이 말머리 곁에서 생긴다'는 것이, 반드시 과장만이라고는
못한다. 그러나 「촉도난(蜀道難)」이 그 길의 험난함을 노래한 것인 데
대해, 이 시는 촉으로 가는 친구를 보내는 정에 조준이 맞추어져 있다.
우인이 구체적으로 누구를 가리키는지는 모르겠으나, 그런 곳으로 가
는 점으로 보아 실의의 인물임은 숨길 수 없는 것 같다. 그런 친구에 대
한 따뜻한 정이, '꽃나무가 잔도를 메우고, 봄물이 촉성을 싸고 돈다'는
밝은 표현에 나타나 있는 듯이 보인다.

사조루(謝朓樓)에서 벗을 보내며

날 버리고 간 어제의 그날은 붙들 길 없고
내 마음 휘젓는 오늘의 이날은 시름도 많아라.
만리의 가을바람 기러기도 예거니
높은 다락 이를 보며 취하여 보랴.
봉래(蓬萊)의 문장과 건안(建安)의 기골(氣骨)
그 더욱 청신한 중간의 사조(謝朓)!
그 모두 장한 뜻 가슴에 안아
달이라도 잡을 듯함 언제이던가.
칼을 뽑아 물을 쳐도 물은 흐르고
잔 들어도 시름은 엉겨 오는 것.
이 세상 그 무엇이 뜻 같다 하랴.
내일 아침 산발(散髮)하고 배를 저어 떠나리.

宣州謝朓樓餞別校書叔雲
선주사조루전별교서숙운

棄我去者昨日之日不可留　亂我心者今日之日多煩憂
기 아 거 자 작 일 지 일 불 가 류　난 아 심 자 금 일 지 일 다 번 우

長風萬里送秋雁　對此可以酣高樓　蓬萊文章建安骨　中間小謝又淸發
장 풍 만 리 송 추 안　대 차 가 이 감 고 루　봉 래 문 장 건 안 골　중 간 소 사 우 청 발

俱懷逸興壯思飛　欲上靑天覽明月　抽刀斷水水更流　擧杯消愁愁更愁
구 회 일 흥 장 사 비　욕 상 청 천 남 명 월　추 도 단 수 수 갱 류　거 배 소 수 수 갱 수

人生在世不稱意　明朝散髮弄扁舟
인 생 재 세 불 칭 의　명 조 산 발 농 편 주

주

◆宣州(선주) : 지금의 안휘성(安徽省) 선성현(宣城縣). 양자강(揚子江) 남부
에 있다. ◆謝朓樓(사조루) : 남제(南齊)의 시인 사조(謝朓)가 선성의 태수
였을 때에 세운 누각. ◆校書叔雲(교서숙운) : 교서 벼슬하는 숙운. 숙운은
이름이나 자(字)일 것이다. ◆蓬萊文章(봉래문장) : 신선의 장서(藏書)가 봉
래산에 있다는 전설이 있어서, 한대(漢代) 사람들은 궁중의 장서각(藏書閣)
인 동관(東觀)을 '봉래'라 부르기도 했다. 따라서 한대의 문학을 가리킨다.
◆建安(건안) : 한말(漢末)의 연호. ◆小謝(소사) : 사조(謝朓). 사영운(謝靈
運)과 구분하기 위해 붙인 이름. ◆覽(남) : 손에 잡고 보는 것. ◆散髮(산
발) : 관리의 상징인 관을 벗고, 머리를 흐트러뜨림. ◆扁舟(편주) : 조그만
배. 전국시대(戰國時代)의 범려(范蠡)는 공을 이루고 난 뒤, 산발하고 편주
(扁舟)를 저어 자취를 감추었다.

해설

원제는 「선주사조루전별교서숙운(宣州謝眺樓餞別校書叔雲)」. 선주의 사조루에서 교서 숙운을 보낸다는 뜻.

긴 호흡에서 시작한 이 시는, 정말 강건한 기골을 보여 주고 있다. 작은 기교 같은 것에 머물지 않고 만리를 휘몰아치는 듯 밀고 나가니, '시중천자(詩中天子)'의 기상이 약여하다 하겠다.

전징군(錢徵君)을 보내며

백옥 잔에 가득히
술을 따르면

버들가지 푸르른
때는 춘삼월.

봄바람인들
얼마나 남았으리.

눈인 양 흰
그 두 귀밑머리.

촛불을 밝혀
술을 마실지니

낚싯대 던지고 일어남
아직 늦지 않도다.

위수(渭水)에서 사냥하는

임 곧 만나면

제왕의 스승인들

어이 못 되랴.

贈錢徵君少陽
증전징군소양

白玉一杯酒　綠楊三月時　春風餘幾日　兩鬢各成絲
백옥일배주　녹양삼월시　춘풍여기일　양빈각성사

秉燭唯須飮　投竿也未遲　如逢渭川獵　猶可帝王師
병촉유수음　투간야미지　여봉위천렵　유가제왕사

주

◆錢徵君少陽(전징군소양) : 징군(徵君)은 천자의 특명으로 조정에 출사(出仕)한 사람. 소양(少陽)은 그 이름. 그러나 그 사적(事蹟)은 모른다. ◆投竿(투간) : 낚싯대를 집어던짐. 차항(次項) 참조. ◆也(야) : 또. ◆如(여) : 만약. ◆渭川獵(위천렵) : 위천(渭川)은 위수(渭水). 주(周)의 문왕(文王)은 위수의 북에서 사냥하다가 낚시하고 있던 여상(呂尙)을 만났다. 그는 여상을 군사로 임명하여 주의 군권(軍權)을 맡겼다. 이때 여상은 80세였다.

해설

전소양(錢少陽)이 어떤 인물인지는 자세치 않으나, 그가 80 가까운 나이였기에 강태공(姜太公)에 비유한 것이라는 설에는 일리가 있어 보인다.

6
험한 인생의 행로

매화락(梅花落)

장사(長沙)를 향해
귀양살이 가는 길.

서울 쪽으로
자꾸 고개가 돌리켜…….

잠시 쉬는 황학루(黃鶴樓)
피리 소린 고와서

5월인데도 분분히 지는
매화 향기여!

與史郎中欽聽黃鶴樓上吹笛
여사낭중흠청황학루상취적

一爲遷客去長沙　西望長安不見家　黃鶴樓中吹玉笛　江城五月落梅花
일위천객거장사　서망장안불견가　황학루중취옥적　강성오월낙매화

주

◆遷客(천객) : 귀양살이 가는 사람. ◆長沙(장사) : 호남성(湖南省) 동정호 남쪽에 있는 지명. ◆長安(장안) : 당(唐)의 서울. 지금의 서안(西安). ◆黃鶴樓(황학루) : 호북성(湖北省) 무창(武昌)에 있음. 양자강(揚子江)에 임하여 조망이 좋음. ◆江城(강성) : 양자강 가에 있는 성. 즉 무창(武昌). ◆落梅花(낙매화) : 피리 곡조인 「매화락(梅花落)」.

해설

원제는 「여사낭중흠청황학루상취적(與史郎中欽聽黃鶴樓上吹笛)」. 낭중 벼슬하는 사흠(史欽)과 함께 황학루에서 피리 부는 것을 듣고 지었다는 것.

　안록산(安祿山)의 난이 일어나고, 영왕(永王)의 기병에 가담했다가 야랑(夜郎)으로 귀양가는 도중, 잠시 황학루에 올라가 이 시를 쓴 것으로 보이는데, 궁상맞은 사설이 아닌, 이것은 또 얼마나 멋진 노래이냐. 끝없는 실망과 비애가 어찌 없으랴마는 모두 눌러 버리고, 피리 소리에 '강성(江城) 5월, 매화가 지는구나!' 하고 읊조린 사람! 슬픔을 딛고 넘어서는 강인함에 있어서, 영웅인들 어떻게 이에서 더하랴.

횡강사(橫江詞) 1

횡강(橫江)이 좋다고
말들 하데만

나는 말하려네,
횡강은 무섭다고.

바람 일면 사흘쯤은
산을 뒤덮을 듯

와관각(瓦官閣)보다도
높은 흰 물결!

橫江詞 一
횡강사 일

人道橫江好 儂道橫江惡 一風三日吹倒山 白浪高於瓦官閣
인도횡강호 농도횡강악 일풍삼일취도산 백랑고어와관각

주

◆橫江(횡강) : 횡강포(橫江浦)를 이름이니, 남경(南京) 근처에 있다. 양자강(揚子江)의 북안(北岸)이 횡강포요, 그 건너 남안(南岸)이 유명한 채석기(采石磯). 당대(唐代)에는 여기에 나룻배가 있어서 양자강을 건넜으므로 횡강이라는 이름이 생겼다. ◆농(儂) : 나. 일인칭. ◆一風(일풍) : 한번 바람이 일면. ◆瓦官閣(와관각) : 와관사(瓦官寺)를 이르는 말. 승원각(昇元閣)이라고도 한다. 양대(梁代)에 세워져, 높이가 240척이었다고 한다.

해설

사(詞)란 가사의 뜻이니, 어느 곡조를 부르기 위해 만들어지는 것이어서, 이 점 시와 구분된다. 시가 오언(五言)이나 칠언(七言)을 지키는 데 대해, 사는 장단이 뒤섞이는 것이 보통인 바, 이것은 그 곡조에 맞추노라고 그렇게 된 것이며, 평측(平仄)에서도 곡의 영향을 받게 되어 있다. 사는 송(宋)에 유행하여 5대에 가서 극성기(極盛期)를 맞이했거니와, 이백의 사는 그 선구로 꼽힌다. 아직 5·7언에 매여 있는 점에서 후세의 그것과는 같지 않으나 그 작품 세계에서는 동일한 것이 발견된다.

횡강사 2

조수는 심양(尋陽)까지
밀어붙이고

마당산(馬當山) 그보다도
물결 센 우저(牛渚)!

건너려 해도
풍파 사나워

내 시름 물을 따라
만리를 가네.

橫江詞 二
횡강사 이

海潮南去過尋陽 牛渚由來險馬當 橫江欲渡風波惡 一水牽愁萬里長
해조남거과심양 우저유래험마당 횡강욕도풍파악 일수견수만리장

주

◆尋陽(심양) : 심양(潯陽)이라고도 쓴다. 지금의 강서성(江西省) 팔강현(八江縣). ◆牛渚(우저) : 안휘성(安徽省) 당도현(當塗縣)에 있는 산 이름. ◆由來(유래) : 원래. ◆馬當(마당) : 산 이름. 강서성 팽택현(彭澤縣) 동북에 있다. ◆一水(일수) : 한 가닥의 물.

해설

바다의 조수는 심양(尋陽)까지 양자강(揚子江)을 밀고 올라오고, 마당산(馬當山)보다도 험한 우저(牛渚)의 물결! 이것으로 풍파의 사나움이 여실히 묘사되었는데, '일수견수만리장(一水牽愁萬里長)'이라는 결구(結句)에 이르러서는 또 얼마나 유장(悠長)히 퍼지는 시름이랴. 작자의 시름을 만리 장강(長江) 그것으로 둔갑시켰다. 천재의 솜씨를 볼 것이다.

횡강사 3

서녘을 바라봐도
서울은 멀고

동쪽으로 한수(漢水)까지
이은 양자진(揚子津)!

물결이 산 같거니
어찌 건너리?

광풍(狂風)으로 뱃사공만
애를 태우네.

橫江詞 三
횡강사 삼

橫江西望阻西秦 漢水東連揚子津 白浪如山那可渡 狂風愁殺峭帆人
횡 강 서 망 조 서 진 한 수 동 련 양 자 진 백 랑 여 산 나 가 도 광 풍 수 쇄 초 범 인

주

◆ 西秦(서진) : 섬서성(陝西省)의 장안(長安) 일대. ◆ 漢水(한수) : 섬서성 남쪽에서 호북성(湖北省)을 지나, 한구(漢口)에서 양자강(揚子江)과 합류한다. ◆ 揚子津(양자진) : 지금의 강소성(江蘇省) 양주시(揚州市)에 가까운 의징현(儀徵縣) 근처의 지명. ◆ 峭帆人(초범인) : 돛을 끌어올리는 뱃사람.

해설

횡강(橫江)에 와 있다고 하여 횡강만을 보고 마는 것이 아니라, 이백의 상상의 날개는 만리를 달려 장안을 끌어 오고, 다시 한수(漢水)와 양자진(揚子津)을 불러 온다. 이런 분방한 정서 앞에서야, 바윗덩이인들 어찌 시심 속에 용해되지 않으랴.

횡강사 4

사나운 바람
해신(海神)이 몰고 오니

물결은 천문(天門)을
열어 젖히네.

8월의 절강(浙江)인들
이만야 하랴.

물결은 산들이
눈을 뿜는 듯.

横江詞 四
횡강사 사

海神來過惡風廻 浪打天門石壁開 浙江八月何如此 濤似連山噴雪來
해 신 래 과 악 풍 회　낭 타 천 문 석 벽 개　절 강 팔 월 하 여 차　도 사 연 산 분 설 래

주

◆天門(천문) : 산 이름. 안휘성(安徽省) 당도현(當塗縣) 서남에 있으니, 박망산(博望山)과 양산(梁山)이 양자강(揚子江)을 사이에 두고 치솟아, 마치 '하늘의 문' 같은 모양을 하고 있다. ◆浙江(절강) : 전당강(錢塘江)을 이름이니 절강성(浙江省)을 흐른다. 하류의 양안(兩岸)에는 산이 많아 조수가 사나우며, 특히 음력 8월에는 한층 맹렬하다고 한다.

해설

이백의 상상력은 끝갈 줄 모르게 발휘되어, 파도가 천문(天門)을 연다고 하였다. 강을 막아 문 모양을 이룬 산을 천문이라 부르는 터이지만, 그것을 물결이 열었다 한 곳에, 시인의 얄미울 정도의 솜씨가 보인다. 전(轉)·결(結)도 아름다운 묘사여서 여운이 감돈다.

횡강사 5

횡강관(橫江館) 앞에
진리(津吏)가 나와

동녘 하늘 먹구름을
가리키면서

"무삼 일 지금 강을
건너 가시리?

풍파 이리 높거니
그만 두소서."

橫江詞 五
횡강사　오

橫江館前津吏迎　向余東指海雲生　郎今欲渡緣何事　如此風波不可行
횡강관전진리영　향여동지해운생　낭금욕도연하사　여차풍파불가행

◆橫江館(횡강관) : 횡강(橫江) 기슭에 정부에서 설치한 주막집. ◆津吏(진리) : 나루터를 관리하는 벼슬아치. ◆郎(랑) : 여자가 남자를 부를 때에 흔히 쓴 말이나, 여기서는 진리(津吏)가 이백을 부른 말.

해설

「횡강사」 6수 중에서 가장 많이 회자된 시다. 내용은 진리(津吏)가 나와 도강(渡江)을 말리는 장면일 뿐 별것도 아니나, 묘하게 정서를 불러일으키는 작품이다. 전구(轉句)·결구(結句)는 진리(津吏)의 말을 그대로 쓰고 있는데, 그것이 더 절실한 느낌을 주는지도 모른다.

횡강사 6

달무리에 바람 일고
안개 자욱하니

고래도 움츠리고
물들 휘돌아…….

파도 일면 삼산(三山)도
흔들리거니

건너려 마시고
돌아가시라!

横江詞 六
횡강사 육

月暈天風霧不開 海鯨東蹙百川廻 驚波一起三山動 公無渡河歸去來
월 운 천 풍 무 불 개 해 경 동 축 백 천 회 경 파 일 기 삼 산 동 공 무 도 하 귀 거 래

주

◆月暈(월운) : 달무리가 지는 것. ◆東蹙(동축) : 동쪽 기슭에서 움츠리고 있는 것. 풍파가 세다는 형용이다. ◆三山(삼산) : 강소성(江蘇省) 남경(南京)의 서남, 양자강(揚子江) 근처에 있는 산 이름. 세 봉우리가 이어져 있어서 이 이름이 생겼다. 이백의 「봉황대시(鳳凰臺詩)」의 '삼산반락청천외(三山半落青天外)'에 보이는 삼산이다. ◆公無渡河(공무도하) : 우리에게는 낯익은 문구다. 고대의 우리 나라 여인인 여옥(麗玉)이 지었다는 작품에 「공무도하(公無渡河)」라는 것이 있는데, 중국에서 유명하여 이백도 같은 제목의 시까지 쓰고 있다. 그 일화는 다 아는 것이므로 생략한다. ◆歸去來(귀거래) : 도연명(陶淵明)의 「귀거래사(歸去來辭)」에서 딴 말. 도연명의 경우는 자기가 돌아가겠다는 뜻이거니와, 여기서는 '돌아가라'는 의미다.

해설

이백의 역량은 무궁무진하여, 같은 제목으로 여섯 편의 사(詞)를 거뜬히 노래해 치웠다. 그러면서도 시상에 중복이 없이, 편마다 새로운 작품 세계가 전개되었다.

추포가(秋浦歌) 1

추포(秋浦)는 언제나
가을 같은 곳

그 쓸쓸함
사람을 울린다.

오늘도 시름을
어쩔 길 없어

대루산(大樓山)에
홀로 오르면

서쪽 어디가
서울의 하늘인지

발 아래로 흐르는
강물 빛만 푸르러

물에게 말하였다.

— 네 생각 어떠하냐.

— 멀리 이 눈물 띄워다가
양주(揚州)에 좀 전해 주지 않으련?

秋浦歌 一
추 포 가　일

秋浦長似秋　蕭條使人愁　客愁不可度　行上東大樓　正西望長安
추 포 장 사 추　소 조 사 인 수　객 수 불 가 탁　행 상 동 대 루　정 서 망 장 안

下見江水流　寄言向江水　汝意憶儂不　遙傳一掬淚　爲我達揚州
하 견 강 수 류　기 언 향 강 수　여 의 억 농 부　요 전 일 국 루　위 아 달 양 주

주

◆秋浦(추포) : 지금의 안휘성(安徽省) 귀지현(貴池縣)이니 양자강(揚子江)
연변(沿邊)이다. ◆蕭條(소조) : 쓸쓸한 모양. ◆客愁(객수) : 나그네의 시
름. ◆度(탁) : 헤아린다. ◆行上(행상) : 가서 ~에 오르다. ◆東大樓(동
대루) : 동편에 있는 대루산(大樓山). '대루(大樓)'를 큰 다락으로 생각해도
좋다. ◆長安(장안) : 당(唐)의 서울. ◆寄言(기언) : 말을 전함. 전갈함.
◆汝意(여의) : 네 뜻. '너'는 물. ◆憶(억) : 생각함. 기억함. ◆儂(농) :
일인칭. 오(吳)의 방언. ◆不(부) : '부(否)'와 같음. 문장 끝에 이 자가 오
면, 그 앞의　말까지 의문이 됨. 예, '선부(善不) : 착하냐 아니냐. 착한지 아닌
지)'. ◆掬(국) : 한 줌. ◆爲我(위아) : 나를 위해. ◆揚州(양주) : 강소성

(江蘇省)에 있는 도시. 양자강 하류에 임하여, 당대(唐代)에도 번창한 고장이었다.

해설

추포(秋浦)는 지금의 안휘성(安徽省) 귀지현(貴池縣)에 속하며 선성(宣城)의 근처다. 이백은 남조(南朝)의 시인 사조(謝脁)를 존경하는 까닭도 있고 해서, 자주 선성을 왕래했으며, 추포에서 해를 넘긴 일도 있다. 황석규씨(黃錫珪氏)의 설을 따르면 천보(天寶) 14년(755)에 「추포가」 17수를 쓴 것이 된다. 그렇다면 이백의 나이는 55세, 장안 생활을 청산하고 남방을 방랑하기 11년이다. 「추포가」에는 이상한 풍물에 어린이답게 흥미를 보이기도 하고, 그 지방 청년의 로맨스를 미소로 바라보는 장면도 있으나, 무언가 고독의 그림자가 짙은 것은, 인생의 쓰라림을 십분 체험한 까닭이리라.

이 첫 수는, 지명이 말하듯 추포는 언제나 가을 같은 곳이라고 말을 일으키어, 그 객수(客愁)의 견디기 어려움을 처음의 4행에서 말하고, 다음 6행으로 양주에 있는 친구에게 눈물을 전해 달라고 강물을 보고 부탁하지 않을 수 없도록 고독한 실존을 보여 준다.

추포가 2

밤마다 원숭이는
슬피 울고

아마 황산(黃山)도
흰머리 될 테지.

청계(淸溪)는
농수(隴水)가 아니지만

그 물 소리
창자를 끊누나.

잠시 다녀서
돌아간다 한 것이

언제나 내 고향
가게 될지

배 위에 앉았자니
눈물겨웁다.

秋浦歌 二
추포가 이

秋浦猿夜愁 黃山堪白頭 淸溪非隴水 翻作斷腸流
추포원야수 황산감백두 청계비농수 번작단장류

欲去不得去 薄遊成久遊 何年是歸日 雨淚下孤舟
욕거부득거 박유성구유 하년시귀일 우루하고주

주

◆黃山(황산) : 추포 남쪽에 있는 산. ◆堪白頭(감백두) : 백발이 될 만하다.
◆淸溪(청계) : 추포에 있는 개울 이름. ◆隴水(농수) : '농(隴)'은 감숙성(甘
肅省). 「농두가(隴頭歌)」라는 옛 노래가 있다. ◆翻作(번작) : 도리어 ~을
이룬다. ◆薄遊(박유) : 잠깐의 여행. ◆雨淚(우루) : 비오듯하는 눈물.

해설

황산(黃山)이라는 산명(山名)을 이용하여 말한다. 밤마다 슬프게 우는
원숭이 소리에 제 아무리 이름이 황산이라도 백발이 안 되고는 못 견디
리라. (하물며 사람이랴?) 청계(淸溪)에서는 말한다. 농수(隴水)는 아니
지만, 「농두가」 그대로 사람의 창자를 끊는 물소리구나. 산명을 이용하

고. 고사를 인용하여 독자로 하여금 그야말로 단장의 감회를 가지게 한
다. 여기서 알 수 있는 것은, 이백이 시를 위해 무엇이라도 이용했다는
점이다.

「농두가」는 이렇다.

농산(隴山)을
흐르는 물

소리 죽여
우니는 듯.

아득히 진천(秦川)을
바라보며

내 창자
갈기갈기 끊어진다.

(앞부분 생략)

隴頭流水　鳴聲幽咽　遙望秦川　肝腸斷絶
농두유수　명성유열　요망진천　간장단절

추포가 3

이곳 타조(駝鳥)같이
아름다움은

천상에도
아마 드물 터이지.

그리 고운 금계(金鷄)도
물가에 와서

제 그림자를
비춰 보지도 못해.

秋浦歌 三
추포가 삼

秋浦錦駝鳥 人間天上稀 山鷄羞渌水 不敢照毛衣
추포금타조 인간천상회 산계수록수 불감조모의

◆錦駝鳥(금타조) : 비단 같은 날개를 가진 타조. ◆人間(인간) : 이 세상. 인간계(人間界). ◆山鷄(산계) : 금계(金鷄). 꿩과의 새. ◆淥水(녹수) : 푸른 물. 녹수(綠水). ◆不敢(불감) : 감히 ~하지 못한다.

해설

유랑 생활 속에서도 새로운 것, 신기한 것을 보고는 어린이 모양 경탄한다. 이백에겐 어떤 경우라도 처량함이라든가 청승맞다든가 하는 이지러진 감정은 안 보인다. 솔직한 감동이 아무 기교도 거치지 않고 그대로 유로(流露)되어, 도리어 충실한 생명력이 느껴지기조차 한다.

내가 점심을 먹기 위해 다니던 청진동(淸進洞)의 모 중국요리점에 금계를 그린 서투른 그림이 걸려 있었다. 아마 지금도 있을 것이다. 그 그림에 의하면 꼬리가 공작을 어느 정도 닮았다. 이 새는 제 꼬리가 자랑스러워, 종일 물가에 서서 물에 비친 제 아름다움에 취해 있다가 결국은 물에 떨어져 죽는다는 이야기를 가지고 있다. 사람으로 치면 오스카 와일드쯤 되리. 그런데, 이 새도 부끄러워 감히 꼬리를 물에 비춰 보지 못한다 했으니, 추포의 금타조는 얼마나 아름다운 새일까.

추포가 4

추포에 온 다음
귀밑털은

금시에 시들어
흐트러졌네.

잔나비 울 적마다
흰머리 늘어

실처럼 가늘어졌네,
긴 것도 짧은 것도.

秋浦歌 四
추 포 가 사
兩鬢入秋浦 一朝颯已衰 猿聲催白髮 長短盡成絲
양 빈 입 추 포 일 조 삽 이 쇠 원 성 최 백 발 장 단 진 성 사

주

◆兩鬢(양빈) : 양쪽에 난 귀밑털.　◆一朝(일조) : 순식간에,　하루아침에.
◆颯(삽) : 머리가 쇠하여 흐트러진 모양.

해설

어떤 충격을 받았을 때, 사람은 갑자기 늙는 모양인가. '봄산에 눈 녹인
바람'으로도 어쩌지 못하는 백발이 되게 한 책임을 이백은 짐짓 원숭이
에게 돌려 본다.

추포가 5

흰 원숭이가
이곳엔 많아

뛰노는 걸 보면
마치 눈이라도 내리는 듯.

새끼를 가지에서
끌고 내려와

물 속의 달을
마시기도 하고.

秋浦歌 五
추포가 오

秋浦多白猿 超騰若飛雪 牽引條上兒 飮弄水中月
추포다백원 초등약비설 견인조상아 음롱수중월

주

◆超騰(초등) : 날뛰는 것. ◆牽引(견인) : 잡아 끈다. ◆條(조) : 나뭇가지.
◆兒(아) : 원숭이 새끼. ◆吟弄(음롱) : 마시며 희롱함.

해설

달과 관련시킴으로써 원숭이까지를 낭만의 대열에 끌어넣는다. 주관을
억제한 까닭에 표현의 밑바닥에 깔린 비애의 그림자는 더욱 짙은 것.

추포가 6

시름 많은
추포의 나그네

짐짓 추포의
꽃을 찾아 놀았네.

산천은
섬현(剡縣)처럼 곱고

바람과 햇빛은
장사(長沙)같이 아름답데.

秋浦歌 六
추 포 가 육

愁作秋浦客 强看秋浦花 山川如剡縣 風日似長沙
수 작 추 포 객 강 간 추 포 화 산 천 여 섬 현 풍 일 사 장 사

◆作(작) : 된다.　◆强(강) : 억지로.　◆剡縣(섬현) : 절강성(浙江省) 승현(嵊縣). 그 남쪽에 섬계(剡溪)가 있어 풍경이 아름답다.　◆長沙(장사) : 소상강 (瀟湘江)·동정호 등의 아름다운 풍경을 갖춘 도시.

해설

사람은 이따금 제 심정과는 반대되는 행동을 하려 든다. 시름[愁] 때문에 짐짓[强] 꽃을 찾는 나그네. 그가 본 풍경이 추억의 땅들과 비슷하게 아름다움을 볼 때, 그의 가슴을 오고간 것이 즐거움뿐이었으랴. 전반에서 비애를 말해 놓고, 후반에서는 풍경의 아름다움만을 말하여, 싱거운 듯하면서 사실은 그렇지 않아, 무한한 외로움과 여운을 풍기니, 아무렇게나 써 내려간 듯한 붓이 선필(仙筆)임을 알겠다. 특히 '수(愁)'와 '강 (强)'이 어떤 작용을 하고 있나 볼 것이며, '추포객(秋浦客)'과 '추포화(秋浦花)'의 반복이 더욱 비애를 자아냄을 살필 일이다.

추포가 7

취하면 모자 거꾸로 쓴 채
말을 달리기도 하고

추운 날, 소뿔을 두들기며
노래도 한다.

"흰 돌 빛나도다."
목청 돋구어도

눈물만 돈피 옷에
가득히 떨어질 뿐.

秋浦歌 七
추포가 칠

醉上山公馬 寒歌甯戚牛 空吟白石爛 淚滿黑貂裘
취 상 산 공 마 한 가 영 척 우 공 음 백 석 란 누 만 흑 초 구

주

◆山公馬(산공마) : 진(晉)의 산간(山簡)이 형주(荊州)의 지사로 있을 때, 늘 술에 취해 모자를 거꾸로 쓴 채 말을 타고 다녔다. ◆甯戚(영척) : 춘추시대 제(齊)의 대신. 곤궁하여 소 치는 노래, 즉 「반우가(飯牛歌)」를 노래했더니 환공(桓公)이 듣고 대신을 삼았다. ◆白石爛(백석란) : 흰돌이 빛난다는 뜻. 「반우가」에 나오는 문구. ◆黑貂裘(흑초구) : 검은 돈피 가죽으로 만든 옷. 소진(蘇秦)이 불우할 때 다 떨어진 돈피 옷을 입고 있었다.

해설

만년의 이백은 술에 취하면 관복을 입고 앉아서 그 교만함이 이를 데 없었다. 위호(魏顥)의 표현으로는 이럴 때의 눈빛은 아호(餓虎), 즉 굶주린 호랑이와 같았다고 하니, 상상할 만하다. 산간(山簡)이 모자를 거꾸로 쓰고 다닌 것쯤은 약과라 하겠다. 그러나 그러한 질탕한 풍류도 헛된 꿈이 되어 가고, 신변이 점차 쓸쓸해 감을 느꼈으리라. 영척은 노래한 마디로 대신이 되니 현명한 군주를 만난 때문이지만, 나는 알아 주는 이도 없어 눈물을 돈피 옷에 흘릴 뿐이라고 하여, 의욕을 영척에 비기고 불우함을 소진에 견준 것은 그 자부가 어떠했는지를 보여 주는 것이며, 그만치 비통도 큰 것 같다.

추포가 8

추포라 천 겹의
영(嶺) 중에서도

으뜸이기는
수거령(水車嶺)일세.

하늘에선 바위가
굴러내릴 듯

거기 자란 나뭇가지
물이 스치네.

秋浦歌 八
추포가 팔

秋浦千里嶺 水車嶺最貴 天傾欲墮石 水拂寄生枝
추포천리령 수거령최귀 천경욕타석 수불기생지

주

♦水車嶺(수거령) : 추포 서남쪽에 있는 봉우리. ♦寄生枝(기생지) : 바위에 뿌리를 박고 자란 나무의 가지.

해설

산의 험한 모양을, 겨우 20자 속에 아주 생생히 묘사했다. 금강산의 만폭동(萬瀑洞)이라도 걷고 있는 듯한 느낌이 든다.

추포가 9

물속에 우뚝 선
강조석(江祖石)은

하늘에 닿은
그림의 병풍!

시를 써 만고(萬古)에
남기려 해도

금시 글자에
이끼가 돋네.

秋浦歌 九
추포가 구

江祖一片石 靑天掃畫屛 題詩留萬古 綠字錦苔生
강조일편석 청천소화병 제시류만고 녹자금태생

주

◆江祖(강조) : 추포 서남쪽에 있다. 큰 바위가 물가에 솟아 있는데, 그 높이는 수장(數丈)에 달한다. 이것을 강조석(江祖石)이라 한다.

해설

특히 전(轉)·결(結)이 감명 깊다. 무상(無常)의 몸인 줄 알기에 영원에 끌리고, 영원하고자 해도 그것이 허용되지 않는 곳에 우리의 비극이 있는 까닭이다.

추포가 10

만변초는
천도 더 되고

광나무는
만도 더 된다.

산이란 산엔
백로가 가득하고

시내란 시내에선
잔나비가 운다.

아예 추포로는
가지를 말라.

잔나비 울음
그대 가슴 바수리니.

秋浦歌 十
추포가 십

千千石楠樹 萬萬女貞林 山山白露滿 澗澗白猿吟
천천석남수 만만여정림 산산백로만 간간백원음

君莫向秋浦 猿聲碎客心
군막향추포 원성쇄객심

주

◆石楠(석남) : 만변초. ◆女貞(여정) : 광나무.

해설

처음 4구가 모두 대구로 이루어지고, 첩어(疊語)가 구마다 머리에 있어,
비애의 감을 자아냄은 묘하다 하겠다. 마지막 2구는 애절하여 단종대왕
(端宗大王)의 「자규루시(子規樓詩)」를 생각하게 한다.

추포가 11

나차기(邏叉磯)는 조도(鳥道)에
가로놓이고

어살 댄 강가에
솟은 강조석(江祖石)!

물살 세기에
배는 쏜살같고

그윽한 꽃 향기
얼굴을 치네.

秋浦歌 十一
추포가 십일
邏人行鳥道 江祖出魚梁 水急客舟疾 山花拂面香
나인행조도 강조출어량 수급객주질 산화불면향

주

◆邏人(나인) : 나차(邏叉)의 잘못일 것이라는 설이 있다. 근방에는 나차기 (邏叉磯)라는 암석 많은 곳이 있는데, 그것을 가리키는지도 모른다. ◆鳥道 (조도) : 험한 산길도 조도라 하나, 여기서는 새가 날아다니는 하늘을 말하 는 듯하다. ◆魚梁(어량) : 어살. 물을 나무로 막아 고기를 잡는 장치.

해설

골짜기의 강을 배로 내려가는 모습이 눈에 선하다. 특히 결구(結句)의 '산화불면향(山花拂面香)'은, 그것이 배로 가면서 맡는 꽃향기기에, 더욱 생동하는 느낌을 준다.

추포가 12

물은 한 필의
비단 같은데

여기는 하늘에
맞닿은 고장.

차라리 선뜻
달에나 올라

꽃 보며 술배[酒船]나
실컷 타볼까.

秋浦歌 十二
추포가 십이

水如一疋練 此地卽平天 耐可乘明月 看花上酒船
수여일필련 차지즉평천 내가승명월 간화상주선

주

◆練(련) : 찐 비단. ◆平天(평천) : 하늘에 평평히 이어짐. ◆耐可(내가) : 차라리.

해설

물과 땅이 아득히 하늘에 닿은 것을 보자, 달에 올라가 거기에 있을 강물에 배를 띄우고, 술이라도 마음껏 마시고 싶은 생각이 들었던 모양이다.

추포가 13

맑은 물에는
흰 달 뜨고

달빛 휘저어
백로 나는 밤

사나이는 듣고 있다.
마름 열매 따는 계집들이

돌아가며 부르는
노래 소리를.

秋浦歌 十三
추포가 십삼

淥水淨素月 月明白露飛 郎聽採菱女 一道夜歌歸
녹 수 정 소 월 월 명 백 로 비 낭 청 채 릉 녀 일 도 야 가 귀

◆渌水(녹수) : 푸른 물. 녹수(綠水). ◆素月(소월) : 흰 달. ◆郎(랑) : 사나이. ◆採菱(채릉) : 마름 열매를 땀. ◆一道(일도) : '한 길로 같이 가면서' 정도의 뜻인가?

해설

인간이 사는 곳 어디라도 로맨스는 있게 마련. '삼수갑산 나 왜 왔노' 하고 노래한 소월(素月)과도 같은 처지에 이백은 있는 것이지만, 그렇다고 청춘의 아름다운 정경을 안 보고 넘길 사람은 아니다. 그것은 그가 영원히 젊은 사람이었던 까닭이다. 유교의 영향을 별로 받지 않은 이백은 딱딱한 도덕보다는 본능과 정열 편에 서 있은 사람이었다. ── 달밤, 떼지어 멀어져 가며 부르는 처녀들의 노래에 가만히 귀 기울이고 있는 사나이, 그것은 인생의 본원에 동경을 보내는 모습이 아니냐. 정열의 시인은 타인의 정열에 따뜻한 공감을 갖는다.

추포가 14

용광로의 불은
천지를 비춰

푸른 연기 속에서
흩어지는 붉은 별들.

낭군은 거기서 일한다.
달이 밝은 밤

그의 노래, 찬 냇물을
움직일 듯 들려 온다.

秋浦歌 十四
추포가 십사

爐火照天地 紅星亂紫煙 赧郎明月夜 歌曲動寒川
노 화 조 천 지 홍 성 난 자 연 난 랑 명 월 야 가 곡 동 한 천

◆爐火(노화) : 추포는 그 당시 은과 동의 산지였다. 그런 원광(原鑛)을 녹이는 용광로의 불. ◆紅星(홍성) : 불꽃이 튀는 모양을 형용한 것. ◆赧郎(난랑) : 여자가 정인(情人)을 부르는 방언인 듯. 난(赧)은 얼굴을 붉히는 뜻.

해설

어둠 속에서 타오르는 용광로의 불빛은 꽤 아름다우리라. 더욱 푸른 연기 속에서 작열하는 불똥은 무슨 청춘의 정열쯤 능히 되는 것이 아니랴. 거기서 들려 오는 우렁차고 꽤 멋조차 있는 노래 소리를 가만히 듣고 있는 여성! 일하는 것의 신성함과 젊은이의 애정 같은 것이 묘하게 조화되어, 꽉 채워진 생명력이 느껴지는 시다.

추포가 15

흰머리도 삼천 장
시름도 삼천 장(三千丈).

거울 속에
어느 제 서릴 맞았나.

秋浦歌 十五
추포가 십오
白髮三千丈 緣愁似個長 不知明鏡裏 何處得秋霜
백 발 삼 천 장 연 수 사 개 장 부 지 명 경 리 하 처 득 추 상

주

◆緣愁(연수) : 시름 때문에. 시름에 의해서. ◆似個(사개) : 이와 같이. ◆不
知(부지) : 모르괘라. 이것은 모르겠다는 것이 아니라 '대저'·'대체'의 뜻에
가깝다.

해설

호사가(好事家)들은 과장의 심한 예로 '백발삼천장(白髮三千丈)'을 들어, 시인의 비현실적임을 비웃기 일쑤다. 그러나, '천'이니 '만'이니 하는 것은 다수를 나타내는 데에 흔히 쓰이는 글자일 뿐이다.

　시는 현실의 복사가 아니다. 현실이 그 재료가 되는 것은 틀림없지만, 이 재료를 취사하고 적절히 결합시킴으로써 창조해 내는 하나의 상상적 세계. 어느 날 , 우연히 거울을 앞에 하고 느끼는 백발에 대한 나그네의 경이가 크면 클수록, 그 길이는 객관적인 백발의 길이와 같을 수는 없지 않은가. '하루가 천년 같다'는 것은 과학에서 보면 허위이지만, 심리의 면에서 보면 진실일 수 있듯, 이것도 소년 같은 솔직한 놀라움을 그대로 쏟은 것이라고 보아야 될 것이다. 더욱 그 백발의 길이를 뒷받침하는 것은 승구(承句)에 나오는 시름이니, '백발삼천장'이 동시에 '시름 삼천 장'임을 알 수 있음에서랴? 다시 전결(轉結)에서, 거울 속에서 서리를 맞아 백발이 된 듯이 말하니, 그 시상의 기발함이 어떠하며, 의문으로 끝냄으로써 여운을 일게 하는 수법은 또 어떠한가.

추포가 16

추포의
늙은이가

밤고기 낚으려
배 저어 간 뒤

흰 꿩을 잡는다고
아녀자들은

대숲 저쪽에
그물을 치고 있네.

秋浦歌 十六
추포가 십륙
秋浦田舍翁 採魚水中宿 妻子張白鷳 結罝映深竹
추포전사옹 채어수중숙 처자장백한 결저영심죽

주

◆田舍翁(전사옹) : 시골 늙은이. ◆張(장) : 새를 잡기 위해 그물을 치는 것. ◆백한(白鷴) : 강남(江南)에 있는 꿩의 한 종류. 빛이 희고 등에는 검고 가는 무늬가 있는데, 집에서 키울 수 있다고 한다. ◆罝(저) : 새나 짐승을 잡는 그물.

해설

고요하고 평화스러운 어촌의 풍경이다. 꿩을 잡는다고 아녀자들이 그물을 치고 있는 모습이 인상적이다. 대수롭지 않은 듯하면서, 버릴 수 없는 정취를 자아낸다.

추포가 17

도파(桃波)는
좁은 고장

절에서의 이야기가
환히 들리네.

가만히 중과
작별하면서

흰 구름에게
절을 하였지!

秋浦歌 十七
추포가 십칠

桃波一步地 了了語聲聞 闇與山僧別 低頭禮白雲
도 파 일 보 지 요 료 어 성 문 암 여 산 승 별 저 두 예 백 운

주

◆桃波(도파) : 땅 이름. 도피(桃陂)의 잘못이라는 설도 있다. ◆一步地(일보지) : 좁은 고장. ◆了了(요료) : 똑똑히. ◆闇(암) : 가만히. 아무 말 없이.

해설

중과 묵묵히 헤어지면서, 흰 구름에게 절을 했다는 표현은 아주 멋있다.

이것으로 이백의 「추포가」 17수를 우리는 읽은 셈이다. 그 끝날 줄 모르는 시정에 경탄할 뿐이다.

새하곡(塞下曲) 1

천산(天山)은 오월에도 흰 눈이 뒤덮이고
피는 꽃 대신에 추위만 스미는 곳.
그 누구 피리를 부나, 봄노래가 애달파…….

북소리 드높아서 새벽에도 싸움하고
말안장 부여안고 밤이면 잠드느니
한 칼로 누란(樓蘭)을 베고 어서 돌아갔으면!

塞下曲 一
새 하 곡 일

五月天山雪 無花祇有寒 笛中聞折柳 春色未曾看
오 월 천 산 설 무 화 지 유 한 적 중 문 절 류 춘 색 미 증 간

曉戰隨金鼓 宵眠抱玉鞍 願將腰下劍 直爲斬樓蘭
효 전 수 금 고 소 면 포 옥 안 원 장 요 하 검 직 위 참 누 란

주

◆塞下曲(새하곡) : 국경에서 싸움하는 모양을 노래한 악부. 한(漢)의 이연년(李延年)이 처음으로 지었다 함. ◆五月(오월) : 음력으로는 한여름이다. ◆天山(천산) : 신강성(新疆省)에 있는 큰 산. 여름에도 눈으로 덮여 설산(雪山)·백산(白山)이라도 불리움. ◆祇(지) : 지(只). ◆折柳(절류) : 절양류(折楊柳). 악곡명. ◆金鼓(금고) : 종과 북. 싸우다 돌아올 때는 종을 울려 군대를 모으고, 진격에는 북을 친다. ◆樓蘭(누란) : 서역(西域)에 있던 나라. 여기서는 그 왕.

해설

한(漢)의 무제(武帝)를 본떴음인지 현종(玄宗)은 자주 변두리에 있는 민족을 쳤다. 서기 722년과 727년에 토번(吐蕃)을 쳐서 크게 이긴 데 재미를 들여, 733년에는 발해(渤海)를 치고, 736년에는 안록산(安祿山)을 시켜 거란[契丹]을 공격하였다가 실패하였다. 다시 745년 안록산이 거란을 격파해 전일의 분을 씻는 등, 중요한 싸움만을 열거해도 이러하거니와 작은 전쟁은 거의 끊어지는 해가 없어서, 서민층 특히 출정 병사의 고통이 심했을 것임은 짐작하고 남음이 있다. 이런 버려둘 수 없는 사회 정세가 낙관론자인 이백의 눈에도 크게 비치었으리라.

이 시는 변지(邊地)에서 고생하는 병사의 정경(情景)을 읊어, 그 비장함이 전쟁시의 면목을 십분 발휘하고 있다. 전반에서는 대립하는 개념을 적절히 결합시켜 더할 수 없는 애절한 감회를 일게 하니, '5월'과 '눈', '무화(無花)'와 '유한(有寒)', 「절양류(折楊柳)」의 곡과 볼 수 없는 '춘

241

색(春色)'이 어떻게 구사되었나를 살피자. 후반에서 금고(金鼓)를 따라 새벽부터 싸우다가, 밤이면 말안장을 부여안고 잠든다 했으니, 전쟁하는 병사를 그려 그 클라이맥스에 이른 것이며, 다시 허리에 찬 칼을 빼어 적왕을 바로 베겠다는 결어(結語)는 얼마나 선이 굵은 남성적 기개이겠는가.

새하곡 2

밀어 올라가면 저도 밀고 내려와서
밤낮에 벌어지는 불꽃 튀는 싸움과 싸움.
성은(聖恩)이 지극하시매 몸은 아니 아껴도……

주먹으로 눈을 움켜 늪가에서 깨물고
모래를 뒤덮고 밤이면 잠드노니
언제나 월지(月氏)를 깨고 베개 높여 자볼까.

塞下曲 二
새 하 곡 이

天兵下北荒 胡馬欲南飮 橫戈從百戰 直爲銜恩深
천 병 하 북 황　호 마 욕 남 음　횡 과 종 백 전　직 위 함 은 심
握雪海上餐 拂沙隴頭眠 何當破月氏 然後方高枕
악 설 해 상 찬　불 사 농 두 면　하 당 파 월 지　연 후 방 고 침

주

◆天兵(천병) : 천자의 군대. 중국군.　◆下北荒(하북황) : '북황(北荒)'은 북
쪽 호지(胡地). 천병이 간 곳이니까 '하(下)'라고 했다.　◆胡馬欲南飮(호마욕

남음) : 호마(胡馬)가 남쪽에 가서 물 마시고자 한다는 것은, 호인(胡人)이 남방으로 진출하려 든다는 의미. ◆横戈(횡과) 창을 비껴 든다. '과(戈)'는 칼 같은 것에 긴 자루를 단 창. ◆直(직) : 다만. ◆銜恩(함은) : 황제의 은혜를 입음. ◆海(해) : 사막에 있는 호수. ◆隴頭(농두) : 감숙성(甘肅省) 근방. 고비사막 근처. ◆何當(하당) : 어느 때. ◆月氏(월지) : 서역(西域)에 있던 나라 이름. '월지(月支)'라고도 쓴다.

해설

우리 양주(楊州) 봉선사(奉先寺)에 청대(淸代)에 만든 세계지도가 보관되어 있다. 이것에 의하면, 세계의 대부분은 중국으로 되어 있고, 그 주위에 자기들이 아는 한도의 나라들을 아무렇게나 그려 놓았다. 이것은 중국인의 세계관을 말하는 것으로, 중화(中華)라는 글자가 상징하듯, 그들은 세계의 중앙을 차지한 유일한 문명 국가이며, 그 주위에 있는 소위 오랑캐들은 중국을 섬겨야 할 의무가 있는 것이었다.

그런데 이 오랑캐(?)들이 세계의 주인이요, 왕중왕인 황제의 나라를 도리어 자주 침범하여 괴롭힌 것은 면자(面子 : 멘쓰)를 중히 여기는 그들에겐 큰 모욕인 동시에, 하늘의 뜻을 거스리는 반역으로 보였을 것이다. 그러나 사막에 사는 유목민의 입장에서는 가축을 위해서 중국의 풀이 필요하였기에 이런 저런 사정으로 전쟁이 잦았을 것이다.

어려움을 참으며 싸우는 것은 황은(皇恩) 때문이라고 했지만, 자신은 주지육림에 묻혀 있으면서 단순한 명예심 때문에 군대를 혹사한 현종(玄宗)에겐 뼈아픈 소리가 아닐 수 없다. 굶주려 눈을 움켜 먹고 사막에서

잠드는 병사의 고통을 위정자가 알랴. 눈을 먹는 이야기는 소무(蘇武)의
고사에서 딴 것. 무제(武帝)의 명을 받고 흉노에게 사신으로 간 소무는
거기에 유폐되기 19년, 배가 고파 눈을 먹으며 연명한 적이 있었다.

새하곡 3

바람같이 말을 몰아 위교(渭橋)를 선뜻 건너
활을 당기어서 고국 달과 하직하고
화살을 허리에 차고 무찌르는 오랑캐.

어느덧 싸움 끝나 흉한 별도 사라지고
영내(營內)는 텅 비고 호수에 안개 개면
기린각(麒麟閣) 그리어짐은 오직 대장 한 사람.

塞下曲 三
새 하 곡 삼

駿馬似風飆　鳴鞭出渭橋　彎弓辭漢月　挿羽破天驕
준 마 사 풍 표　명 편 출 위 교　만 궁 사 한 월　삽 우 파 천 교
陣解星芒盡　營空海霧消　功成畫麟閣　獨有霍嫖姚
진 해 성 망 진　영 공 해 무 소　공 성 화 인 각　독 유 곽 표 요

◆風飆(풍표) : 빠른 바람. 폭풍. ◆渭橋(위교) : 장안(長安) 북방을 흐르는 위수(渭水)에 놓인 다리. 서역(西域)에 통하는 요로로 '횡교(橫橋)'·'중위교 (中渭橋)'라고도 부른다. ◆彎弓(만궁) : 활을 당기는 것. ◆辭(사) : 작별함. ◆揷羽(삽우) : 화살을 허리에 차는 것. ◆天驕(천교) : 중국 황제가 '천자' 라고 불리는 데 대해서, 흉노(匈奴)의 왕은 스스로 '천교(天驕)'라고 하니, 하늘의 귀염받는 아들이란 뜻. ◆陣解(진해) : 싸움이 끝나고, 진을 푸는 것. ◆星芒(성망) : 별에서 나는 화살 같은 빛깔. 별빛이 백색으로 변하는 것은 전쟁의 징조라고 생각되었다. ◆營空(영공) : 군인들이 돌아갔으므로 병영(兵營) 안이 빈다는 뜻. ◆海霧(해무) : 사막의 호수에 낀 안개. ◆麟閣 (인각) : 기린각(麒麟閣). 한(漢)의 선제(宣帝)가 공신 12명의 초상을 여기에 그리게 하였다. ◆霍嫖姚(곽표요) : 한 무제(漢武帝) 때의 명장(名將)인 곽거 병(霍去病). 흉노를 쳐서 큰 공을 세우고 표요교위(嫖姚校尉)의 벼슬을 하였 다. 그러나 기린각에 그려진 것은 그의 아우인 곽광(霍光)이니, 이것은 이백 의 기억 착오일 것이라고 한다.

해설

전반은 병사들이 장안을 출발하는 모습에서 시작하여 호지(胡地)에서 싸우는 모양을 그리고, 후반의 4구는 싸움이 끝나자 고생한 병사들은 아무 표창을 못 받고, 공이 대장 한 사람에게 돌아감을 말했다. 너무나 긴 이야기를 8구 속에 집약했으므로 표현에 이완(弛緩)이 있는 것 같기 도 하지만, 결어(結語)는 민중의 억울한 처지를 잘 대변한 것이라 할 것 이다.

새하곡 4

백마(白馬)에 높이 올라 뿌리치고 떠나시니
밤이면 아득히 사막을 휘도는 꿈.
멀리 간 임을 그리며 가을 더욱 설어라.

창가에 반딧불 날고 달은 방을 비추는데
오동은 잎이 지고 바람 이는 사당나무.
스스로 깨물어 보는 애처로운 신세여.

塞下曲 四
새 하 곡 사

白馬黃金塞 雲砂繞夢思 那堪愁苦節 遠憶邊城兒 螢飛秋窓滿
백 마 황 금 새 운 사 요 몽 사 나 감 수 고 절 원 억 변 성 아 형 비 추 창 만

月度霜閨遲 摧殘梧桐葉 蕭颯沙棠枝 無時獨不見 淚流空自知
월 도 상 규 지 최 잔 오 동 엽 소 삽 사 당 지 무 시 독 불 견 누 류 공 자 지

주

◆黃金塞(황금새) : 국경의 지명. 지금의 어딘지 불명. ◆雲砂(운사) : 사막의 구름과 모래. ◆那堪(나감) : 어찌 견디랴. ◆愁苦節(수고절) : 근심과 괴로움이 많은 계절인 가을. ◆邊城兒(병성아) : 국경을 지키고 있는 사람. ◆霜閨(상규) : 서리 내리는 가을철의 규방. ◆摧殘(최잔) : 시들어 떨어짐. ◆蕭颯(소삽) : 쓸쓸한 바람 소리. ◆沙棠(사당) : 곤륜산(崑崙山)에 난다는 진목(珍木). ◆無時(무시) : 일정한 때가 있는 것이 아니라 불쑥불쑥, 때때로 생각남을 이르는 뜻인 듯하다. ◆獨不見(독불견) : 악부 이름. 임을 못 봄을 한하는 곡조.

해설

처음 4행은 국경을 지키는 남편을 생각하는 괴로움을 말하고, 다음 4행은 가을의 쓸쓸한 풍경을, 마지막 1행으로는 안 오는 이를 생각하고 눈물로 지내는 자신을 한탄했다. 이백만치 부녀자의 심리를 이해한 시인도 드물리라. 싸움에 나간 임을 그리는 정과 쓸쓸한 가을의 풍경이 어울려 일으키는 애수는, 천 수백 년의 시간의 장벽을 뚫고 우리를 울린다.

새하곡 5

언제나 가을되면 오랑캐 몰려들어
이들과 싸움하는 한(漢)나라의 군대들.
밤이면 고비사막에 모랠 안아 잠들고.

국경에 돋는 달은 활을 닮아 둥그렇고
찬 서리 칼에 내려 꽂인 양 번쩍이는 밤.
언제나 살아 돌아가리, 가엾을손 아내여!

塞下曲 五
새하곡 오

塞虜乘秋下　天兵出漢家　將軍分虎竹　戰士臥龍沙
새 로 승 추 하　천 병 출 한 가　장 군 분 호 죽　전 사 와 룡 사

邊月隨弓影　胡霜拂劍花　玉關殊未入　少婦莫長嗟
변 월 수 궁 영　호 상 불 검 화　옥 관 수 미 입　소 부 막 장 차

주

◆塞虜(새로) : 국경 너머에 사는 오랑캐. 흉노(匈奴)를 말한 것. ◆乘秋(승추) : 가을을 타고. 흉노는 목초와 식량을 구해 가을만 되면 대개 중국을 침범했다. ◆下(하) : '가을을 타고'라 했으므로 '하(下)'라고 한 것이다. ◆天兵(천병) : 천자의 군대. ◆漢家(한가) : 한(漢)나라. 한으로 당(唐)을 암유(暗喩)한 것. ◆分(분) : 나누어 받는다. ◆虎竹(호죽) : 동호부(銅虎符)와 죽사부(竹使符). 한나라 때 이것을 쪼개어 반은 서울에 두고 반은 장군을 주어 군대를 징발하는 부신(符信)으로 삼았다. 동호부는 동(銅)에 호랑이를 조각한 것이고, 죽사부는 대로 만든 화살에 전서(篆書)를 새긴 것. ◆龍沙(용사) : 백룡퇴(白龍堆)·용황(用荒)이라고도 불리던 사막. 지금의 고비사막. ◆邊月(변월) : 국경에 돋는 달. ◆胡霜(호상) : 호지(胡地)에 내리는 서리. ◆劍花(검화) : 검광(劍光). ◆玉關(옥관) : 옥문관(玉門關). 감숙성(甘肅省) 서북쪽에 있던 관문이니, 여기를 나가면 호지(胡地). ◆少婦(소부) : 젊은 아내. ◆長嗟(장차) : 길게 탄식함.

해설

왜 그렇게 되는지는 모르나 가을만 되면 싸움이 벌어지게 마련이어서, 장군은 동원령을 내리고 병사는 사막에서 자야 한다. 전지의 체험은 사람의 심경을 변화시킨다. 무심히 뜬 초생달을 보아도 그것이 활 모양으로 뵈고, 칼날에 비치는 서리에도 공연히 몸서리친다. 옥문관(玉門關)! 다시는 살아서 들어갈 수 없을 듯한 옥문관 쪽을 바라보며 창자는 갈기갈기 찢어진다. '소부막장차!(少婦莫長嗟)'— 젊은 아내여. 너무 슬퍼 말라고 하지만, 이리 말한다고 아내의 슬픔이 씻어질 것도 아닐 것이며,

말하는 쪽의 심정은 또 얼마나 비통할 것인가. 크나큰 슬픔을 누르는 체함으로써 도리어 비애를 극한으로 이끈다.

새하곡 6

사막에 이는 봉화(烽火) 감천궁(甘泉宮) 비치우면
상감은 분연히 손에 칼 잡으시고
또다시 이장군(李將軍) 불러 엄한 분부하신다.

싸움의 기틀은 하늘에도 익어 가서
국경에 울리우는 요란한 저 북소리.
한번에 용맹을 다해 적을 평정하고저.

塞下曲 六
새 하 곡　육

烽火動沙漠　連照甘泉雲　漢皇按劍起　還召李將軍
봉화동사막　연조감천운　한황안검기　환소이장군
兵氣天上合　鼓聲隴底聞　橫行負勇氣　一戰靜妖氛
병기천상합　고성농저문　횡행부용기　일전정요분

주

◆沙漠(사막) : 고비사막. ◆連照(연조) : 한 곳에서 봉화를 올리면 딴 봉화 대에서도 차례차례로 봉화를 올리니까 '연조(連照)'라 했다. ◆甘泉(감천) : 섬서성(陝西省) 순화현(淳化縣) 감천산(甘泉山)에 있던 궁(宮). 진(秦)이 세우고 한 무제(漢武帝)가 증축하여 피서에 쓰이던 별궁. ◆漢皇(한황) : 당(唐)의 황제를 직접 말할 수 없으니까 '한황(漢皇)'이라 한 것. ◆還召(환소) : 다시 부른다. ◆李將軍(이장군) : 이광(李廣)은 위청(衛青)의 부장이 되어 흉노를 쳐서 공이 많았다. 뒤에 우북평태수(右北平太守)가 되니, 흉노들은 '비장군(飛將軍)'이라고 두려워하여 감히 침입하지 못했다. 무제 때의 일. ◆兵氣(병기) : 전쟁이 날 징조. ◆合(합) : 일어난다. ◆鼓聲(고성) : 진격할 때 쓰는 북소리. ◆隴底(농저) : 섬서성과 감숙성(甘肅省) 사이에 있는 큰 고개 밑. ◆橫行(횡행) : 마음대로 돌아다님. ◆負(부) : 믿는다. 자부함. ◆妖氛(요분) : 요사스러운 나쁜 기운.

해설

흉노가 침입하여 사막에서 드는 봉화는 바로 황제에 직결되는 것. 한 무제는 명장들을 많이 거느리고 있었으니까 괜찮았지만, 양귀비(楊貴妃)와 향락에만 빠져 있던 현종(玄宗)은 누구를 불러 적을 물리치라고 명령한단 말인가. 전쟁의 원인을 만든 것은, 민중의 편에서 보면, 마치 '천상'의 사람과도 같이 여겨지는 황제와 귀족들이다. 그러나 사막에서 싸워야 하는 것은 그들이 아닌 병사이니, 평소에 천하를 삼킬 듯이 거드럭거리고 큰소리치던 사람들은 왜 이것을 평정하지 못하고 무엇들을 하고 있느냐.

이 시의 본의가 저항과 풍자에 있다고 보고, 약간 치우친 해석을 하면 이런 의미가 될 것이다. 그러나 「새하곡」 6수가 다 그렇듯 표면에 나타난 것은 어디까지나 온건하고 돈후(敦厚)한 취지뿐이니, 풍자시가 가져야 하는 몸짓을 시사하는 바 크다 할 것이다.

촉도난(蜀道難)

아, 아, 위태롭기도 위태롭고 높기도 높은지고!
촉도(蜀道)의 어려움——
푸른 저 하늘 오르는 그것보다 더 어려워라.
잠총(蠶叢)과 어부(魚鳧)의
개국(開國)은 또 얼마나 아득함이랴.
그로부터 4만 8천년
진(秦)의 변경관 왕래 없었나니,
서쪽으론 태백산(太白山)
새 다니는 길
아미산(峨眉山) 꼭대기와 겨우 통하고,
땅 무너지고 뫼 부서져 장사 죽으니
그 뒤에야 사다리와 돌다리로
길이 뚫리다!
위로는 태양 실은 육룡(六龍)의 수레조차 되돌아서는
높은 봉우리,
아래론 부딪히고 꺾이어서 소용돌이치는
골짜기의 물!

황학(黃鶴)도 여기는 지나지 못하고
잔나비도 오르려면 애를 먹는 것.
청니(靑泥) 길은 얼마나 돌고 돎이랴.
백 걸음에 아홉 번은 꺾이어서 바위산 휘돌아라.
삼성(參星) 어루만지고 정성(井星) 곁 지나
숨 헐떡이고,
손으로 가슴 쓸며 쓸며
주저앉아 탄식하놋다.
묻노니 한번 가면 그 언제 돌아오리?
바위투성이의 길
오를 바 없어라.
보이는 것, 고목(古木)에서
새들도 슬피 울며,
쌍쌍이 숲 사이를 날으는 모습.
그리고 달밤이면 소쩍새 울음,
공산(空山)에서 피를 토해 우는 그 소리.
촉도(蜀道)의 어려움─
푸른 저 하늘 오르는 그것보다 더 어렵거니
소문만 들어도
웬만한 청춘쯤 금시에 시들어 버리리.
봉우리들은

하늘에서 한 자도 떨어지지 않고
절벽에 거꾸로 매달려 시든 소나무!
여울지고 폭포 되어
물소리 요란하고,
벼랑을 치고 돌을 굴리니 만학(萬壑)의 우레!
이같이 험하거니
아, 먼 타관 사람이여, 어찌 여기에 왔는다?
검각(劍閣)은 험하고 높기도 높아
한 사람 관문 지키면
만 명이 밀려와도 뚫지 못하니
지키는 이 심복 아니면
이리 늑대로 금시 변하리.
아침이면 호랑이 피해야 하고
저녁엔 또 큰 뱀을 피해야 하느니
이 갈고 피를 빨아
사람 죽임이 삼단 같도다.
금성(錦城)이야
즐겁긴 즐겁기로니
일찍 돌아감만 같지 못하리.
촉도(蜀道)의 어려움—
푸른 저 하늘 오르는 그것보다 더 어렵거니,

몸을 펴 서녘 하늘 바라보며
나 여기에 길이 탄식하여라.

蜀道難
촉도난

噫吁嚱危乎高哉 蜀道之難難於上靑天 蠶叢及魚鳧 開國何茫然
희 우 희 위 호 고 재 촉 도 지 난 난 어 상 청 천 잠 총 급 어 부 개 국 하 망 연

爾來四萬八千歲 不與秦塞通人煙 西當太白有鳥道 可以橫絶峨眉巓
이 래 사 만 팔 천 세 불 여 진 새 통 인 연 서 당 태 백 유 조 도 가 이 횡 절 아 미 전

地崩山摧壯士死 然後天梯石棧相鉤連 上有六龍回日之高標
지 붕 산 최 장 사 사 연 후 천 제 석 잔 상 구 련 상 유 육 룡 회 일 지 고표

下有衝波逆折之回川 黃鶴之飛尙不得過 猿猱欲度愁攀援
하 유 충 파 역 절 지 회 천 황 학 지 비 상 부 득 과 원 유 욕 도 수 반 원

靑泥何盤盤 百步九折縈巖巒 捫參歷井仰脅息 以手撫膺坐長歎
청 니 하 반 반 백 보 구 절 영 암 만 문 삼 력 정 앙 협 식 이 수 무 응 좌 장 탄

問君西遊何時還 畏途巉巖不可攀 但見悲鳥號古木 雄飛雌從繞林間
문 군 서 유 하 시 환 외 도 참 암 불 가 반 단 견 비 조 호 고 목 웅 비 자 종 요 림 간

又聞子規啼夜月愁空山 蜀道之難難於上靑天 使人聽此凋朱顔
우 문 자 규 제 야 월 수 공 산 촉 도 지 난 난 어 상 청 천 사 인 청 차 조 주 안

連峰去天不盈尺 枯松倒挂倚絶壁 飛湍瀑流爭喧豗 砯崖轉石萬壑雷
연 봉 거 천 불 영 척 고 송 도 괘 의 절 벽 비 단 폭 류 쟁 훤 회 빙 애 전 석 만 학 뢰

其險也若此 嗟爾遠道之人胡爲乎來哉 劍閣崢嶸而崔嵬
기 험 야 약 차 차 이 원 도 지 인 호 위 호 래 재 검 각 쟁 영 이 최 외

一夫當關萬夫莫開 所守或匪親 化爲狼與豺 朝避猛虎 夕避長蛇
일 부 당 관 만 부 막 개 소 수 혹 비 친 화 위 랑 여 시 조 피 맹 호 석 피 장 사

磨牙吮血 殺人如麻 錦城雖云樂 不如早還家
마 아 전 혈 살 인 여 마 금 성 수 운 락 불 여 조 환 가

蜀道之難難於上靑天 側身西望長咨嗟
촉 도 지 난 난 어 상 청 천 측 신 서 망 장 자 차

주

◆蠶叢(잠총)・魚鳧(어부) : 전설상의 촉왕(蜀王). ◆秦塞(진새) : 진(秦)의 변경. 진은 지금의 섬서성(陝西城). ◆太白(태백) : 산 이름. ◆鳥道(조도) : 새만이 겨우 다닐 수 있는 길. ◆地崩山摧壯士死(지붕산최장사사) : 전설에 의하면, 촉왕(蜀王)이 호색하는 것을 안 진의 혜왕(惠王)이 5명의 미인을 보냈는데, 촉왕은 다섯 장사를 보내 그녀들을 맞이하게 했다. 일행이 재동(梓潼)에 이르렀을 때, 큰 뱀 한 마리가 구멍에 들어가고 있었다. 그래서 한 장사가 그 꼬리를 잡아 당겼으나 움쩍도 안 했으므로, 다섯 명이 함께 당겼더니 산이 무너져 남녀 10명이 생매장되고, 산도 나뉘어서 다섯 봉우리가 되었다는 것. ◆天梯(천제) : 높은 사다리. ◆石棧(석잔) : 돌다리. ◆鉤連(구련) : 걸리어 이어짐. ◆六龍回日(육룡회일) : 태양은 여섯 용이 끄는 수레를 타고 동에서 서로 달린다는 전설이 있다. ◆高標(고표) : 그 일대의 표가 되는 최고봉. ◆靑泥(청니) : 고개 이름. ◆巖巒(암만) : 바위산. ◆參(삼)・井(정) : 별 이름. ◆喧豗(훤회) : 시끄러운 것. ◆劍閣(검각) : 대검산(大劍山)과 소검산(小劍山) 사이의 잔도(棧道)니, 촉도(蜀道) 중 최대의 험지(險地). ◆金城(금성) : 촉의 수도인 성도(成都).

해설

「촉도난(蜀道難)」은 옛 악부의 제목이거니와, 이백은 이것을 빌려 촉으로 가는 길의 험난함을 노래하여, 은근히 인생 행로의 험준함에 비겼다. 시는 칠언(七言)을 기조(基調)로 하여 장단구(長短句)가 뒤섞임으로써, 아주 자유분방한 형식을 창조하였다. 그런 변화 많은 시체(詩體)가 험난한 촉의 산하와 잘 어울리는 곳에, 이 시의 묘미가 있다.

이백이 처음으로 장안(長安)에 나타났을 때, 이것을 읽은 하지장(賀知章)은 허리에 차고 있던 금귀(金龜)를 떼어 이백에게 술을 사고, 그를 적선(謫仙)이라 불렀다고 한다. 이백의 천재성이 약여하게 나타난 작품 중의 하나다.

이백의 시와 생애 — 이원섭

이백(701~762)이 장안(長安)에 나타났을 때, 하지장(賀知章)은 그의 시를 읽고 감탄한 나머지 적선(謫仙)이라는 말을 했다고 전하거니와, 이백의 성격을 이 이상으로 적절히 상징하는 말도 없을 것으로 생각한다. '귀양 온 신선'이라는 말은 이중의 뜻을 지닌다. 그것은 신선이 사람의 몸을 쓰고 나타난 것이기에 사람에 대한 최대의 찬사가 안 될 수 없는 것이지만, 한편으로는 한 발은 천상에 걸치고 한 발은 지하에 둠으로써, 신선으로서나 인간으로서나 불완전함을 드러내 보이고 있다. 이런 적선으로서의 영광과 자기모순을 짊어지고 일생을 산 것이, 이백 그 사람이었다.

　신선답게 그의 생애에는 불확실한 점이 많다. 그에 관한 사료(史料)라고 할 『구당서(舊唐書)』의 문원열전(文苑列傳)과 『신당서(新唐書)』의 문예열전(文藝列傳)의 기록, 그리고 이양빙(李陽冰)의 초당집서(草堂集序)를 살펴보아도, 그의 가계(家系) 자체가 모호하다. 흥성황제(興聖皇帝)의 9세손이라 하나, 이것에 어느 정도의 신빙성이 있는지는 의문이며 그 부친의 이름조차 전하지 않는다. 조상이 죄를 짓고 서역(西域)으로 도망했다가, 뒤에 촉(蜀)으로 옮겨 왔다 하며, 이백도 거기서 태어난 것으로 보인다. 이백의 시를 읽으면, 벼슬하는 자기 친척 이름이 많이 나오는데, 이런 점으로 보면 사환(仕宦)의 집안이었던 것은 확실한 것 같다. 그는 후일 산동성 임성(任城)에 옮겨 살았고, 거기서는 공소보(孔巢父) 등과 방외(方外)의 놀음을 벌여 죽계육일(竹溪六逸) 소리를 들었다고 한다. 일찍부터 과거에 급제하려고 애썼던 두보(杜甫)와는 달리, 이백은 초연한 일면을 보이고 있어서, 이 역시 적선다운 면모라고 할 수 있을 것 같다.

그는 유교보다 도교(道敎)를 좋아하였다. 남달리 풍부한 상상력을 타고났던 이백이기에, 현실의 가르침인 유교보다는 구름을 타고 하늘을 달리는 도사의 가르침이 훨씬 매력적인 것으로 비쳤던 모양이다. 그리하여 그는 도록(道籙)까지도 받았다. 그러나, 그는 초속적(超俗的)인 태도만을 지속하지는 못했다. 왜냐하면, 그는 적선이요, 완전한 신선은 아니었기 때문이다.

그에게는 야심이 있었다. 위대한 정치가가 되어 천하를 바로잡으려는 포부(당시의 인텔리라면 누구나 가졌을)가 그것이다. 도사 오균(吳筠)의 천거로 현종이 그를 부르자, 기꺼이 장안에 나타난 것으로도 그런 심정이 이해된다. 그때 그는 42세, 시인으로서 전성기에 있었다. 그의 「촉도난(蜀道難)」을 읽고 하지장이 감탄한 나머지 적선이라는 이름을 바치며, 허리에 차고 있던 금귀(金龜)를 풀어서 술을 샀다는 것은 유명한 일화다.

그는 현종의 총애를 입어서 한림(翰林)에 출사(出仕)하여 조칙(詔勅)을 대필했고, 황제의 명령을 받아 「청평조사(淸平調詞)」 3수와 「궁중행락사(宮中行樂詞)」 8수를 쓰기도 했다. 만취한 시인의 붓에서 물 흐르듯 쏟아져 나온 명편들은 현종을 사로잡아, 그 대접이 자못 융숭했다고 전한다. 이백이 일약 대천재로 각광을 받은 시기여서, 그 생애의 황금기였다고 할 수 있다.

그러나 이런 세속적 행복이 오래 지속될 리는 만무했다. 이유는 간단

하다. 그는 적선이었기 때문이다. 신선 되기에는 포부가 방해물이었다면, 출세하여 부귀를 누리기에는 초속적인 일면이 장애가 되었다. 취한 끝에 고력사(高力士)에게 신을 벗긴 주정이, 그의 원한을 사서 실각하게 된 것이라는 말이 있거니와, 남에게 고개 숙이기 싫어하는 그의 기상이 관료 사회에 맞을 리가 만무한 터였다.

그리하여 서울을 떠나 강남 일대를 방랑하며, 이백은 술과 시에 정열을 쏟는다. 그는 몇 번인가 결혼하여 자녀도 가졌으나, 대부분을 가족과 떠나 유랑하면서 보냈다. 가정이니 국가니 하는 것에 매이기에는, 그는 너무나 자유인이었던 것 같다. 그리고 그의 방랑은 어느 정도 즐거운 것이었는지도 모른다. 그의 명성과 밝은 성격 탓으로, 가는 곳마다 호의를 보이는 유력자들이 있었기 때문이다. 지방의 태수는 말할 것도 없고, 협객들까지도 그를 환대했다. 그는 가는 곳마다 술잔을 기울이면서 복받쳐 오르는 정열을 시의 형식 속에 쏟아 놓았다.

나는 '쏟아 놓았다'는 말을 썼거니와 그의 시를 논하는 데 있어서 이는 아주 적절한 말인 듯이 생각된다. 그는 기존의 형식 속에 자기의 사상이나 정서를 표현하려고 노력하는, 그런 시인이 아니었다. 너무나 큰 상상력과 재질을 타고 난 그였기 때문에, 형식은 언제나 시상(詩想)을 담기에 벅차는 것 같은 인상을 준다.

그것은 기성의 룰을 따라 흐르는 물이 아니라, 낙하하는 폭포거나 소용돌이치는 격류와도 같은 것이었다. 그러므로 형식 속에 시상이 담겨지는 것이 아니라, 시상 중에서 형식이 살려졌다고 할 수 있다. 그의 시편들의 대부분이 조작하고 다듬은 흔적을 안 주고, 저절로 이루어진 것 같은 인상을 주는 이유가 여기에 있다.

그는 절구(絶句)에 있어서 독보한다는 말을 들어 왔다. 절구는 짧은 시형(詩型)이기에 도리어 쓰기 어려운 점이 있다. 그리하여 저절로 된 듯한 자연스러움이 요청되는 바, 그것이 이백의 성격에 어울릴 것은 뻔한 일이었다.

그는 또 고시체(古詩體)와 악부에서 뛰어난 솜씨를 보였다. 이런 형식들은 비교적 시법상(詩法上)의 제약을 덜 받는 이점이 있었기에, 분방한 정열을 쏟기에는 안성맞춤이었던 것으로 짐작된다. 가령 「촉도난」이니 「천모음(天姥吟)」이니 하는 긴 시들을 보면, 장단구(長短句)를 자유자재로 뒤섞으면서 이백의 시재(詩材)가 종횡무진으로 발휘된 느낌을 안 받을 수 없다. 천성(天成)의 시인에게는 이 또한 득의의 무대였음을 생각게 한다. 이에 비해 율시(律詩)는 그리 애용하지 않은 형식이었다. 그것은 대구(對句) 기타의 제약이 아주 까다로워서 그와는 성격이 맞지 않았던 것으로 보인다.

그러나 이백의 시의 특징을 말하기는 어렵다. 간단히 분석되기에는 그가 너무나 위대한 천재였기 때문이다. 어떤 처지에서라도 그에 대해 논할 수는 있겠지만, 아무리 논한대도 그의 비밀이 다할 리는 만무하여, 그의 특이한 매력은 미지의 것으로 여전히 남게 마련이다. 한마디로 말해 모든 것을 그의 천재에 돌린다면, 어떤 해명보다도 진실을 말한 것이 될는지도 모른다.

천의무봉(天衣無縫)이라는 말이 있다. 재주가 크고 보면, 작은 기교의 흔적 같은 것은 눈에 띄지도 않고, 모든 것이 저절로 이루어진 듯이 보이는 바, 이백의 시가 바로 그것에 해당한다. 가령 그의 대표작이라고 할 「아미산(峨眉山)」의 시만 보아도, 전혀 다듬은 데가 없어 보이는 표현인데도 불구하고, 그 전체가 풍기는 신운(神韻)은 말로 형용키 어렵다. 이런 것이야말로 천재의 표(標)가 아니고 무엇이겠는가.

또 그에게는 활달한 데가 있는 것 같다. 어떤 역경에 서 있어도 궁상맞게 이지러지는 일이 없이, 언제나 웃음을 잃지 않았다. 이런 활달함은 풍부한 상상력과도 관련될지 모르나, 그를 늘 청춘의 시인이게 하고 있다. 그의 시상은 번개가 되어 천체(天體) 사이를 오가며, 달을 친구로 삼아 같이 술을 마시게 한다. 이 분방한 상상력을 앞에 대하고 있으면, 우리의 현실 같은 것은 아주 보잘 것 없는 것으로 눈에 비친다. 그가 시대를 초월하여 우리에게 어필해 오는 매력의 일단도, 기실 여기에 있어 보인다. 그러나 이백의 시를 논한다는 것은 끝이 없는 일이며, 그의 작품을 직접 대할 독자들에게는 무의미한 일이 될 것이다. 가만히 읊조려 보고 가슴에 오는 감동 그것이 이백의 시요, 이백의 고동임이 확실하매, 그것만 잡고 보면 이백을 이해한 것이 될 것이다.

이백의 만년은 비극적인 것이었다. 그가 강남(江南)에 방랑하고 있는 중에 안록산(安祿山)의 난이 일어났고, 곧 장안의 함락과 현종의 몽진(蒙塵)이라는 사건들이 꼬리를 물었는데, 마침 강남에서는 영왕(永王)의 기병이 있어서 이백도 불리어 거기에 막료(幕僚)로서 참가했는데, 후일 이것이 역군(逆軍)으로 몰리게 되자 이백도 체포를 면치 못하였다. 가까스로 특사(特赦)를 받아 귀양살이를 하게 되고, 다시 그것에서도 풀리어 자유의 몸이 되기는 했어도, 황자(皇子)의 기병(起兵)을 호의적으로만 해석했던 곳에, 역시 현실에 우원(迂遠)한 적선다운 일면이 있었다. 그는 당도(當塗)에서 62세의 나이로 죽었다. 그의 시에 나오는 백금(伯禽)이라는 아들이 어떻게 되었는지는 알려지지 않았다. 역시 적선다운 일면이라면 일면이다.

나는 전에 『당시(唐詩)』를 내면서 이백의 것을 약 50편쯤 소개한 일이 있는데, 이번에 거의 같은 수효의 작품을 추가해서 이 책을 엮게 되었다. 이번에는 특히 그의 대표적인 장시(長詩)들을 끼워 넣은 것을 기쁘게 생각한다.

연보(年譜)

중국의 왕기(王琦)·왕요(王瑤)·호운익(胡雲翼)·황석규(黃錫珪) 등이 작성한 연보를 참작하여, 이것을 만들었다.

701년(중종中宗 장안長安 원년, 1세)
이백이 태어났다. 정확한 것은 모르나, 서역(西域)의 어디에서 태어난 것으로 보인다.

705년(신룡神龍 원년, 5세)
이백은 아버지를 따라 촉(蜀)으로 이사해 왔다. 능히 육갑(六甲)을 욀 정도로 영리한 소년이었다.

710년(예종睿宗 경운景雲 원년, 10세)
시서(詩書)에 통달하고 백가(百家)를 읽었다.

712년(현종玄宗 선천先天 원년, 12세)
두보(杜甫)가 태어났다.

715년(개원開元 3년, 15세)
검술을 좋아했고, 옛 사람의 글을 모방하여 부(賦)·문(文)을 많이 지었다.

716년(개원 4년, 16세)
민산(岷山)의 북방에서 4년에 걸친 산림 생활을 이 해에 시작했다.

720년(개원 8년, 20세)
협객으로 자처하여 돈을 물쓰듯 하고, 사람을 칼로 찌른 적도 몇 번인가 있었다. 익주자사(益州刺史) 소정(蘇頲)이 그의 문재(文才)를 크게 칭찬하였다.

723년(개원 11년, 23세)
우인(友人) 오지남(吳指南)과 초(楚)에 여행하여, 창오(蒼梧)·동정(洞庭)을 구경했다. 오지남이 호상(湖上)에서 죽었으므로, 이백은 그 시체에 엎드려 통곡했다. 그리고 금릉(金陵)을 찾고 바다를 구경했으며, 여주(汝州)에 체류했다.

726년(개원 14년, 26세)
각처를 유람한 끝에 운몽(雲夢)에 놀았다. 허상공(許相公)의 손녀와 결혼해, 한 10년을 안륙(安陸)에서 보냈다.

730년(개원 18년, 30세)
이때쯤에 시문이 일가를 이루게 된 모양이다. 「여한형주서(與韓荊州書)」에 '삼십성문장(三十成文章)'이라 했고, 「상안주배장사서(上安州裵長史書)」에도 그런 내용이 나타나 있다.

735년(개원 23년, 35세)
태원(太原)에 여행하다가 병졸로 고생하는 곽자의(郭子儀)를 알아보아 장군에 천거했다. 뒤에 곽은 안록산(安祿山)의 난을 평정하는 공신이 되었고, 이백이 사형에 처해지려 하자, 적극 감형 운동을 벌여 주었다. 동노(東魯)의 임성(任城)에 이사하여, 손소보(孫巢父) 등과 시주(詩酒)에 잠겨, 죽계육일(竹溪六逸) 소리를 들었다.

742년(천보天寶 원년, 42세)
남으로 회계(會稽)에 놀아 거기서 도사 오균(吳筠)을 알았다. 마침 오균이 소명(召命)을 받고 상경해서 현종(玄宗)에게 이백을 천거했기에, 이백도 부름을 받아 장안에 나타났다. 하지장(賀知章)이 그를 적선(謫仙)이라 부르고, 금귀(金龜)로 술을 바꾸어 마셨다. 현종의 지우(知遇)를 얻어 한림학사(翰林學士)가 되었다. 「유태산(遊泰山)」・「별내부징(別內赴徵)」 등의 시를 지었다.

743년(천보 2년, 43세)
한림(翰林)에 출사하면서 하지장(賀知章)・여남왕(汝南王) 등과 청유(淸遊)

를 일삼아 주중팔선(酒中八仙)의 이름을 얻었다. 「청평조사(清平調詞)」3수와 「궁중행락사(宮中行樂詞)」8수 등을 썼다. 이백의 황금기였다.

744년(천보 3년, 44세)

그의 오만한 성격 탓으로 양귀비(楊貴妃)·고력사(高力士) 등의 반감을 사서, 그 중상 때문에 추방되었다. 현종(玄宗)은 황금을 하사하여 그를 보냈다. 낙양(洛陽)에서 두보(杜甫)와 만났다. 「송하빈객귀월(送賀賓客歸越)」·「월하독작(月下獨酌)」·「노군동석문송두이보(魯郡東石門送杜二甫)」등을 지었다.

745년(천보 4년, 45세)

연주(兗州)에서 봄·여름을 보내고, 가을이 되자 중도(中都)로 갔으며, 다시 비주(邳州)·양주(揚州)로 해서 월중(越中)을 들어갔다. 원단구(元丹丘)와 만났다. 겨울을 소주(蘇州)에서 지냈다. 「자견(自遣)」·「몽유천모음유별(夢遊天姥吟留別)」등을 썼다.

747년(천보 6년, 47세)

이옹(李邕)의 죽음을 슬퍼한 「제강하수정사(題江夏修靜寺)」를 지었다. 「기동로이치자(寄東魯二稚子)」·「양반아(楊叛兒)」·「대주(對酒)」·「월녀사(越女詞)」등은 이 무렵의 작품이다.

751년(천보 10년, 51세)

「우격여유성(羽檄如流星)」등, 전쟁을 경계하는 시를 지었다.

753년(천보 12년, 53세)

조정에서 떠나 방랑한 지 10년이 되었다. 「장진주(將進酒)」·「북풍행(北風行)」·「춘일독작(春日獨酌) 2수」·「파주문월(把酒問月)」등은 이 전후의 작품이다.

754년(천보 13년, 54세)

양주(揚州)・금릉(金陵) 등을 방문하고, 선성(宣城)도 왕래했다. 「선성사조루전별교서숙운(宣城謝朓樓餞別校書叔雲)」・「야박우저회고(夜泊牛渚懷古)」・「송우인(送友人)」・「노로정가(勞勞亭歌)」 등을 썼다.

755년(천보 14년, 55세)
선성(宣城)・추포(秋浦) 일대를 오가며 놀았다. 「추포가(秋浦歌)」・「증왕륜(贈王淪)」・「대주억하감(對酒憶賀監)」 등은 이때의 작품이다.

756년(숙종肅宗 지덕至德 원년, 56세)
안록산(安祿山)의 난이 일어났다. 영왕 린(永王璘)이 의병을 일으키고, 이백을 강요하여 막료(幕僚)로 삼았다. 그러나 숙종과 영왕의 불화 때문에 영왕의 군은 반군으로 몰리어, 관군으로부터 공격을 받았다. 「맹호행(猛虎行)」・「금릉주사유별(金陵酒肆留別)」・「여산폭포(廬山瀑布)」・「영왕동순가(永王東巡歌)」 등을 썼다.

757년(지덕 2년, 57세)
영왕(永王)의 군이 패하고, 이백도 대역죄로 체포되어 심양(潯陽)의 옥에 갇힌다. 그러나 주선하는 사람이 있어서 석방되었다.

758년(건원乾元 원년, 58세)
곽자의(郭子儀)의 주선으로 사죄(死罪)가 면제되어, 야랑(夜郎)에 유배되기로 결정. 동정(洞庭)을 거쳐 삼협(三陝) 무산(巫山)에 이른다. 「유야랑증신판관(流夜郎贈辛判官)」・「증이수재(贈易秀材)」・「앵무주(鸚鵡洲)」 등을 지었다.

759년(건원 2년, 59세)
야랑(夜郎)에 도착하기 전에 특사(特赦)를 만나, 한양으로 갔다. 「조발백제성(早發白帝城)」・「낙백억산중(落白憶山中)」・「형주가(荊州歌)」・「배족숙형부시랑엽급중서가사인지유동정(陪族叔刑部侍郎曄及中書賈舍人至遊洞庭)」을 썼다.

760년(상원上元 원년, 60세)
지주(池州)·안경(安慶) 등지에 놀았다.「강하행(江夏行)」·「장간행(長干行)」
등이 있다.

761년(상원 2년, 61세)
금릉(金陵)을 찾고, 선성(宣城)·역양(歷陽)을 왕래했다. 이광필(李光弼)의
동정(東征)에 참가코자 떠났으나 병으로 중지했다.

762년(보응寶應 원년, 62세)
11월, 당도령(當塗令) 이양빙(李陽冰)의 집에서 일생을 마쳤다. 임종 때, 만
권의 초고를 남겼다고 전한다. 당도현(當塗縣) 용산(龍山)의 동쪽 기슭에 장
사지냈으나, 817년에 이르러 그의 생전의 소망대로 청산(靑山) 남쪽에 이장
했다.